Entre les bras de Marco Ferranti

KATE HEWITT

Entre les bras de Marco Ferranti

Traduction française de
BARNABÉ D'ALBES

AZUR

HARLEQUIN

Collection : Azur

Titre original :
INHERITED BY FERRANTI

Ce roman a déjà été publié en 2017

HARPERCOLLINS FRANCE
83-85, boulevard Vincent-Auriol, 75646 PARIS CEDEX 13
Service Lectrices — Tél. : 01 45 82 47 47 - www.harlequin.fr
ISBN 978-2-2804-7905-9 — ISSN 0993-4448

Composé et édité par HarperCollins France.
Imprimé en juillet 2022 par CPI Black Print (Barcelone)
en utilisant 100% d'électricité renouvelable.
Dépôt légal : août 2022.

FSC
www.fsc.org
MIXTE
Papier issu de sources responsables
FSC® C159065

Pour limiter l'empreinte environnementale de ses livres, HarperCollins France s'engage à n'utiliser que du papier fabriqué à partir de bois provenant de forêts gérées durablement et de manière responsable.

1.

Demain. Demain, elle serait mariée.

Sierra Rocci posa les yeux sur la somptueuse robe accrochée à la porte de son armoire et sentit son estomac se nouer. Bouffante et délicate, la mousseline de soie blanche ressemblait à un nuage immaculé, aérien comme une meringue. Cette vision fit encore monter sa tension d'un cran. Pourtant, se dit-elle, elle faisait le bon choix… De toute façon, c'était le seul possible.

Posant la main sur sa poitrine pour maîtriser les battements affolés de son cœur, elle alla se poster à la fenêtre de sa chambre. Devant elle s'étendait le jardin du *palazzo* familial de Palerme, rue Marinai Alliata. Le crépuscule avait fait place aux ténèbres. Dans cette ville, les nuits d'été étaient toujours très chaudes, presque suffocantes, à tel point que l'air en semblait pétrifié : pas un souffle de vent n'agitait les feuilles des platanes. Il y avait quelque chose de sinistre, dans cette immobilité, quelque chose d'oppressant, et Sierra s'efforça de juguler sa nervosité. Ce choix, c'était *le sien*.

Un peu plus tôt dans la soirée, elle avait dîné avec ses parents et Marco Ferranti, l'homme qu'elle s'apprêtait à épouser. La conversation s'était engagée de façon naturelle, plutôt agréable, et elle avait senti sur elle le regard de Marco — caressant, bienveillant. Oui, elle pouvait lui faire confiance, se répéta-t-elle. Il le fallait. Dans moins de vingt-quatre heures, elle allait promettre de l'aimer, de l'honorer et de lui *obéir* : elle lui confierait sa vie.

Hélas, elle connaissait déjà le goût amer de l'obéissance et elle priait pour que Marco soit bel et bien un gentleman. Jusqu'à maintenant, depuis trois mois qu'il lui faisait officiellement la cour, il s'était montré gentil et patient. Courtois, même, sans jamais la brusquer, sauf une fois, peut-être… Le jour où ils avaient fait une promenade dans le parc, seuls tous les deux, et où il l'avait embrassée sous le lourd feuillage d'un châtaignier. Impossible d'oublier la pression insistante de sa bouche contre la sienne ni le sentiment étrange qu'elle avait alors éprouvé, à sa propre surprise, mélange de peur et d'excitation.

Elle avait dix-neuf ans et n'avait connu aucune relation physique avec son fiancé, hormis quelques baisers. Quant à ce qui pouvait se passer dans une chambre à coucher, elle n'en avait aucune expérience ; or ce jour-là, après cette étreinte fiévreuse, Marco lui avait promis qu'il saurait se montrer prévenant et délicat, le soir de leur nuit de noces.

Elle lui faisait confiance et avait décidé de le croire — car c'était un pas en avant, une démarche volontaire en direction d'un avenir serein et libre. Pourtant…

Sierra laissa errer son regard sur le jardin plongé dans l'obscurité. Malgré tout ce qu'elle se répétait pour se rassurer, pour amadouer sa raison comme son instinct, un doute tenace lui rongeait insidieusement le cœur. Que savait-elle de Marco Ferranti ? Le connaissait-elle *vraiment* ?…

La première fois qu'elle l'avait aperçu, dans la cour du *palazzo* familial, il s'était baissé pour caresser un chat venu se frotter contre ses jambes. L'animal ronronnait, et Marco l'avait gratté derrière les oreilles. Dans les mêmes circonstances, son père, lui, aurait donné un coup de pied à la pauvre bête, avant d'exiger qu'on s'en débarrasse et que ses petits soient noyés. Découvrir cet inconnu par ce simple geste de bonté, quand il ne pensait pas être observé, avait fait naître en elle un grand espoir.

Naturellement, son père approuvait totalement ce mariage. Elle n'était pas assez naïve pour ignorer qu'il l'avait même poussée dans les bras de Marco. Cela dit, elle-même n'avait fait que l'encourager ; ce choix était donc bien *le sien*. Et dans son esprit, il était censé lui permettre de mieux maîtriser son destin.

Dès le soir de leur première rencontre, Marco l'avait priée de faire quelques pas avec lui, dehors, après le repas. Dans l'immensité du parc familial, il l'avait courtisée avec beaucoup de grâce ; avec tendresse, même. Bien sûr, elle n'était pas pour autant amoureuse de lui : elle refusait de céder à l'amour, un sentiment beaucoup trop dangereux, mais... De toute son âme, elle voulait échapper à la tutelle de son père, vivre ailleurs que chez lui, et un mariage avec Marco Ferranti était la plus sûre façon d'y parvenir rapidement. A condition qu'elle puisse faire confiance à son futur époux. Or, cela, elle ne le saurait que le lendemain, *après* s'être promise à lui, quand la porte de leur chambre se refermerait sur eux.

Pourvu que le ciel la protège ! Comme un frisson glacé la traversait, elle serra les poings. Pouvait elle courir un tel risque ? Avait-elle les moyens de refuser ? A ce stade, une dérobade lui vaudrait la colère éternelle de son père ! C'était infernal : cette union devait être le gage de sa liberté, mais elle n'était pas en mesure de l'annuler. Peut-être cette liberté tant convoitée était-elle hors de portée pour elle... Mais en dehors du mariage, quelle option restait-il à une jeune fille de dix-neuf ans totalement coupée de la société ? Mieux valait se rendre à l'évidence. Elle était acculée, prise au piège.

Soudain, au-dessous d'elle, elle reconnut la voix de son père. Il était trop loin pour qu'elle comprenne ce qu'il disait, mais il lui suffit de percevoir son timbre autoritaire et sec pour sentir aussitôt son angoisse redoubler. Une seconde plus tard, Marco lui répondit, et une sorte d'apaisement inexplicable l'enveloppa. Comme la première fois qu'elle avait entendu sa voix, elle en apprécia l'accent chaleureux et posé. Dès le premier instant, elle avait aimé son sourire, ainsi que l'expression espiègle qui illuminait alors ses traits. C'était sans doute ce détail qui lui avait instinctivement donné envie de se fier à lui, en dépit de tout : même s'il travaillait pour son père et était un homme de pouvoir conscient de son charme… Comme Arturo Rocci. Elle s'était convaincue qu'ils étaient différents, mais… Seigneur, et si elle s'était trompée ?

Il fallait qu'elle sache. N'y tenant plus, Sierra quitta sa chambre et descendit l'escalier. Le marbre était froid sous ses pieds nus, mais elle n'y prêta aucune attention et se précipita sur le petit balcon qui dominait le porche d'entrée où les deux hommes se tenaient, l'un en face de l'autre. Enfin, le cœur battant, elle s'immobilisa derrière la balustrade et tendit l'oreille.

— Je suis vraiment heureux de pouvoir bientôt te considérer comme un fils.

Décidément, son père était au mieux de sa forme : il distillait tout son charisme dans son autorité, se donnant le rôle du gentil papa plein de bonne volonté.

— Et moi, je suis touché d'être aussi bien accueilli, répliqua Marco.

— Alors tout se passera bien… du moins, tant que tu sauras comment manœuvrer Sierra. Une femme a besoin qu'on la tienne d'une main ferme. Il ne faut pas être trop tendre, sinon elle en profite. Ne tombe pas dans le panneau.

Tous les muscles de Sierra se raidirent en entendant la réponse de son fiancé :

— Ne vous inquiétez pas, *signor.* Je sais comment la gérer.

Paniquée, elle recula pour se plaquer contre le mur, tout près de l'escalier en fer forgé qui menait en bas. La proximité des deux hommes redoublait son malaise. L'estomac noué, elle sentit ces mots effroyables cogner contre ses tempes : « Je sais comment la gérer… » Ainsi, il était de la même trempe que son père ? Il avait l'intention de l'intimider jusqu'à obtenir d'elle l'obéissance la plus servile ?

— Oh ! je n'en doute pas, admit Arturo Rocci d'une voix teintée de contentement. C'est moi qui t'ai choisi pour gendre et modelé dans ton rôle de fiancé. Tout se passe exactement comme je le souhaitais, et je me sens pleinement satisfait. Je suis certain que tu seras à la hauteur, Marco.

— Vous me faites beaucoup d'honneur, *signor.*

— *Papa.* Tu peux m'appeler papa, désormais.

Retenant son souffle, Sierre avança d'un pas et vit les deux hommes se donner une chaleureuse accolade. Puis son père tapa amicalement dans le dos de Marco, avant de le laisser sortir et de se diriger lui-même vers son bureau.

Incrédule, Sierra contempla le visage de son fiancé. Son sourire, et sa mâchoire virile, ombrée d'une barbe naissante ; ses yeux gris argent et ses paupières ourlées. Il avait relâché son nœud de cravate et ôté sa veste. Une légère fatigue se lisait sur ses traits. Jamais il n'avait été plus séduisant qu'en cet instant, plus mâle, plus sexy.

Mais il n'y avait rien de séduisant dans les mots qu'il venait de prononcer, rien de romantique, chez un homme qui pensait que les femmes avaient besoin d'être « gérées ». Et soudain, par-delà sa peur, elle sentit sourdre en elle une colère blanche.

Oui, elle était en colère contre Marco Ferranti, qui n'était finalement qu'un clone de son père. En colère contre elle-même, de s'être montrée si crédule, au point de s'être convaincue de connaître un homme trois mois après l'avoir rencontré. La vérité lui apparaissait maintenant dans toute sa cruauté : au cours de quelques soirées savamment orchestrées, Marco s'était montré sous son meilleur jour, dans le seul but de l'amener à accepter le mariage. Elle avait cru l'avoir choisi. Quelle erreur ! Au contraire, elle s'était laissé manipuler.

— Sierra ?

Entendant sa voix, elle comprit que Marco l'avait remarquée. Il levait vers elle un regard intrigué et lui adressa un sourire, creusant des fossettes dans ses joues. Dire qu'elle n'y avait vu que du feu ! Jusqu'à ce soir, elle avait même aimé ces fossettes, témoignant à ses yeux d'une âme enfantine, espiègle — innocente. Mais c'était elle qui s'était comportée comme une enfant innocente !

— Que fais-tu cachée là-haut ? ajouta-t-il.

— Je…

La gorge nouée, Sierra s'humecta les lèvres. Que répondre ? Elle restait hantée par cette phrase qui la replongeait dans une amère réalité : « Je sais comment la gérer. »

— Il est minuit passé et, en principe, je n'ai pas le droit de te voir, fit-il remarquer. C'est la veille de notre mariage.

Oui, le *mariage*… Dans quelques heures, elle épouserait cet homme et promettrait de l'aimer, de l'honorer et de lui obéir… D'obéir à un homme qui « savait la gérer ».

— Sierra ? insista-t-il d'un ton inquiet. Quelque chose ne va pas ?

C'était peu dire. Plus rien n'allait. Elle s'était cru sur le point de prendre enfin sa vie en main, de s'évader, de s'offrir le destin qu'elle s'était choisi. C'était risible — ou plutôt pitoyable.

— Sierra ?

Cette fois, elle discerna une note d'impatience dans sa

voix. Une nausée la submergea. Avec quelle rapidité il passait de l'inquiétude à l'agacement ! Comme son père. Enfin, elle voyait au-delà du masque.

— Je suis juste fatiguée, expliqua-t-elle d'un ton calme.

Il lui fit signe de le rejoindre.

En s'efforçant d'ignorer le tremblement de ses jambes, elle descendit lentement les marches et vint se poster devant lui. Elle ne devait pas trahir sa peur. Elle devait le regarder droit dans les yeux, sans rien laisser paraître, comme si de rien n'était. Depuis longtemps, elle était devenue experte à ce jeu. C'était le seul signe de défi qu'elle pouvait s'autoriser face à son père, que ce mutisme impassible faisait enrager. Il aimait tant que les femmes de sa famille pleurent et supplient… A sa grande honte, Sierra avait fait les deux, durant son enfance. Puis, un jour, elle avait trouvé la force de lever le menton et de ne laisser transparaître qu'un masque d'indifférence glaciale. Désormais, elle avait de longues années d'entraînement. Aucun homme ne saurait briser son armure.

Aussi demeura-t-elle imperturbable quand Marco lui effleura la joue d'une main. Sa peau était chaude, son geste, tendre. Ce simple contact la troublait au point de déclencher des décharges électriques dans son ventre… mais elle ne bougea pas.

— Il n'y a plus longtemps à attendre, murmura-t-il en caressant ses lèvres de son pouce. Tu es nerveuse, mon poussin ?

Nerveuse ? Terrifiée, plutôt… Incapable d'articuler un son, elle secoua la tête. Marco afficha un petit sourire amusé, dans lequel elle lut une certaine condescendance. Elle s'était fait des idées sur cet homme, et ces idées étaient aussi fausses que son sourire. Impossible de deviner qui était Marco Ferranti. Certes, il lui avait manifesté de la gentillesse, mais elle voyait bien à présent que ce n'avait été qu'une comédie. Son père aussi savait à merveille se montrer avenant en public !

— Tu es sûre, *mi amore* ? insista-t-il.

Ses mots tendres ne la tromperaient plus. Il ne l'aimait pas. D'ailleurs, il ne lui avait jamais fait de déclaration dans ce sens, ce qui n'était pas un mal. La rapidité de leurs fiançailles comme le caractère factice de leur relation la frappaient maintenant avec force. Un simple dîner avait mené à une promenade dans le parc, suivie d'un rendez-vous en tête à tête et d'une demande en mariage. Tout s'était passé de façon fluide et rapide, une procédure fomentée de concert par cet inconnu et son père. Elle n'y avait rien vu d'anormal, sur le moment, mais il était clair qu'elle avait été leur jouet.

— Je t'assure que je vais bien, Marco, murmura-t-elle d'un ton aussi calme que possible.

Il fronça les sourcils, visiblement peu convaincu.

— Un dernier baiser, pria-t-il.

Avant même qu'elle n'ait eu le temps de reculer, il l'attira contre lui, posa les mains sur son visage et s'empara fiévreusement de ses lèvres. Sa bouche était à la fois ferme et douce. Le vertige la gagna. Sa chair brûlait malgré le froid qui paralysait ses membres. Des sensations absolument contradictoires l'habitaient. Le plaisir et l'effroi, la peur et le désir. Son trouble était si intense qu'elle craignit un instant de s'effondrer, et elle s'agrippa à sa chemise avant de se coller à lui. Alors qu'il se plaquait contre elle, lui faisant sentir la réaction virile de son corps, il s'écarta soudain, comme à regret.

— Nous aurons tout le temps qu'il nous faut plus tard, soupira-t-il. Demain soir.

Quand ils seraient mari et femme, songea-t-elle avec un frisson.

— Bonne nuit, Sierra, chuchota-t-il.

— Bonne nuit.

Elle courut se réfugier à l'étage, le cœur battant à tout rompre. Elle détestait sa faiblesse — elle se détestait, et elle détestait Marco. Jamais elle n'aurait dû lui céder, jamais elle n'aurait dû permettre que leur relation aboutisse à des fiançailles. Et jamais elle n'aurait dû se bercer de l'illusion qu'elle pouvait s'échapper.

Désespérée, elle remonta le long couloir menant à l'aile ouest de la villa et frappa à la porte de la chambre de sa mère.

Un instant plus tard, Violet Rocci lui ouvrit, une lueur d'appréhension dans les yeux. Découvrant sa fille sur le seuil, elle afficha un air rassuré et lui fit signe d'entrer.

— Tu ne devrais pas être ici, déclara-t-elle.

— Papa est dans son bureau, objecta Sierra.

— Quand bien même.

D'un geste nerveux, sa mère ferma les pans de son déshabillé de soie sur sa chemise de nuit. L'inquiétude et la fatigue s'étaient imprimées de façon indélébile sur son visage. Vingt ans plus tôt, elle avait été une jeune femme resplendissante, une pianiste au talent exceptionnel, qui se produisait dans les meilleures salles de Londres, à l'aube d'une gloire internationale. Mais elle avait épousé Arturo Rocci, et le public l'avait perdue : du jour au lendemain, elle avait disparu de l'affiche.

Sierra leva un regard impuissant vers sa mère.

— Maman… Je crains d'avoir commis une terrible erreur.

Violet la dévisagea d'un air inquiet.

— Marco ?

Sierra acquiesça en silence.

— Mais… j'étais persuadée que tu étais amoureuse de lui.

Malgré vingt années auprès d'Arturo Rocci, Violet

croyait toujours en l'amour. En fait, elle aimait désespérément son mari et c'était bien ce qui avait causé sa perte.

— Non, maman. Je ne l'ai jamais aimé.

— Quoi ?

Violet secoua la tête, incrédule.

— Enfin, Sierra, tu disais que…

— Je lui ai fait confiance, admit-elle. Je pensais qu'il était gentil. Mais la seule raison qui me poussait à me marier, c'était le désir de… de m'échapper.

Même aujourd'hui, adulte, elle ne pouvait pas dire « échapper à papa », car elle savait que ces mots blesseraient sa mère, qui fuyait la vérité.

— Et maintenant ? demanda cette dernière après un long silence.

— Maintenant, je ne sais plus.

Sierra poussa un profond soupir et fit quelques pas dans la pièce. Son angoisse ne cessait d'augmenter.

— En tout cas, je me rends compte que je ne le connais pas du tout.

— Sierra, le mariage a lieu demain. Que veux-tu faire ? Tout est arrangé, et…

— Je sais, coupa-t-elle. Arrangé est le mot juste… Et je crains de m'être comportée comme une idiote.

Elle réprima les larmes qui lui montaient aux yeux et crispa la mâchoire.

— Je ne me fais pas d'illusions, avoua-t-elle. Il n'y a rien à faire, je suis obligée de l'épouser.

Cela n'aurait pas dû autant la bouleverser. Après tout, elle était accoutumée à se sentir prise au piège, sans aucun recours, et cette impuissance la poursuivait depuis toujours… Sauf que cette fois, elle avait elle-même attaché un boulet à son pied. Au fond, ni son père ni Marco ne méritaient le blâme : elle était seule responsable de son malheur.

Comme elle relevait la tête vers sa mère, elle fut étonnée

de lire sur ses traits une détermination féroce qu'elle n'avait jamais vue jusqu'à ce jour.

— Maman, je…

— Si tu es bien certaine que tu ne pourrais pas le supporter…

— Certaine ? répéta Sierra d'un ton las. Si seulement je pouvais être certaine de quelque chose… C'est peut-être quelqu'un de bien…

Pendant une fraction de seconde, elle se demanda si ce n'était pas vraiment le cas. Mais comment cela aurait-il pu être possible ? Marco Ferranti épousait le groupe Rocci en même temps que la fille du patriarche, et travaillait au service d'Arturo Rocci ; il était soumis au moindre désir de son patron…

— Mais tu ne l'aimes pas, protesta Violet.

Sierra songea au doux sourire de Marco, au goût de ses lèvres chaudes et masculines. Une autre image vint alors se superposer à celle de son fiancé : le visage marqué par la souffrance de sa mère, qui aimait d'un amour sans espoir un homme cruel et abusif. Oh non, elle n'aimait pas Marco Ferranti, et elle ne voulait jamais aimer personne.

— Non, je ne l'aime pas, répondit-elle.

— Dans ce cas, tu ne peux pas l'épouser, Sierra. Dieu sait qu'une femme peut souffrir et endurer beaucoup de choses au nom de l'amour, mais si elle n'en éprouve pas…

Violet pinça les lèvres et secoua tristement la tête. Devant son visage empreint de désespoir, Sierra sentit mille questions l'assaillir. Comment sa mère pouvait-elle encore aimer son père après tout ce qu'il lui avait fait subir ? Après tout ce qu'il leur avait imposé, à toutes les deux ?

— Que dois-je faire, maman ?

Sa mère la considéra avec gravité quelques secondes avant de répondre.

— Fuir, tout simplement. J'aurais pu te le suggérer

plus tôt, mais j'étais persuadée que tu étais amoureuse de Marco. Je n'ai jamais voulu rien d'autre que ton bonheur, ma chérie, j'espère que tu le sais.

— Oui, maman, bien sûr, je le sais.

Sa mère était certes faible, réduite à une soumission parfaite par les revers de la vie et la poigne de fer d'Arturo Rocci, mais, en dépit de tout, Sierra n'avait jamais douté du profond amour qu'elle lui portait.

Violet plongea son regard dans le sien.

— Il faut que tu partes très vite, reprit-elle. Cette nuit.

— Cette nuit ?

— Oui, au plus tôt.

Sur ces mots, sa mère se dirigea vers sa commode pour fouiller dans un tiroir, derrière la lingerie, et en sortit une enveloppe qu'elle lui tendit.

— C'est tout ce que j'ai, précisa-t-elle. J'ai économisé cette petite somme au fil des années, au cas où…

Sierra la dévisagea, interloquée.

— Mais comment as-tu fait ?

— Ton père me verse une rente hebdomadaire pour les frais de la maison, avoua Violet en rougissant, l'air mortifié.

Sierra sentit son cœur se briser en prenant conscience que sa mère avait honte de se laisser traiter de la sorte par son mari.

— J'en ai dépensé le moins possible, ajouta-t-elle. C'est ainsi que j'ai fini par mettre de côté un petit pécule… Oh ! ce n'est pas grand-chose, à peine mille euros, mais cela devrait te suffire pour partir d'ici.

A ces mots, la jeune femme sentit l'espoir renaître en elle. L'espoir, mais également l'appréhension.

— Où vais-je aller ? demanda-t-elle.

Jamais elle n'avait envisagé cette option : disparaître pour trouver une liberté absolue. L'idée était aussi grisante que terrifiante. Elle avait passé toute son enfance dans leur demeure isolée au cœur de la montagne, à trois heures de Palerme, puis son adolescence dans un couvent très strict. Elle n'avait aucune expérience du monde… Et elle ne l'ignorait pas.

— Tu vas prendre le ferry pour rejoindre l'Italie métropolitaine, expliqua Violet. Ensuite, tu te rendras à Rome par le train et, de là, tu partiras pour l'Angleterre.

— L'Angleterre ?

Le pays de sa mère.

— Il me reste une amie, Mary Bertram. Nous nous sommes perdues de vue depuis des années, depuis…

Depuis qu'elle avait épousé Arturo Rocci. Désireuse d'épargner une explication embarrassante à Violet, Sierra acquiesça en signe de compréhension.

— A l'époque, elle m'avait déconseillé de me marier, reprit pourtant Violet. Il ne lui inspirait pas confiance. Mais elle m'a dit que s'il arrivait quoi que ce soit, sa porte resterait toujours ouverte.

— Et tu sais où elle habite ?

— Je ne connais que son adresse d'il y a vingt ans ; j'ai bien peur de ne pas pouvoir faire mieux.

Sierra fut prise d'un tremblement à l'idée de ce qu'elle s'apprêtait à faire. Jamais elle ne s'était aventurée dans Palerme sans un guide ou quelqu'un pour l'accompagner. Malgré l'immense fortune de son père, elle n'avait jamais eu d'argent dans les poches. Elle ne savait même pas comment prendre un taxi. Comment pouvait-elle envisager ce grand saut dans l'inconnu, encore plus le réussir ?

En même temps… comment reculer ? C'était sa seule — sa dernière — chance. Sinon, demain, elle épouserait Marco Ferranti et, s'il était de la même trempe que son père, plus jamais elle n'aurait la possibilité de s'enfuir. Tout espoir lui serait interdit, son destin serait scellé.

— Si je pars, murmura-t-elle si bas que sa voix tremblait, alors je…

— Tu ne pourras plus revenir, confirma Violet. Ce sera un adieu, car ton père en sera…

— Maman, viens avec moi, pria Sierra.

Le visage de sa mère se ferma.

— Non, je ne peux pas.

Les émotions de Sierra étaient trop violentes. Elle ne pouvait plus se taire.

— Parce que tu l'aimes ? interrogea-t-elle, tandis qu'une douleur aiguë lui transperçait la poitrine. Maman, comment peux-tu l'aimer encore après tout ce qu'il…

— Fais tes propres choix, Sierra, l'interrompit Violet d'un ton déterminé. Mais ne questionne pas les miens.

Choisir. Enfin. La liberté. Une liberté à peine croyable, qui bouleversait tout ; une liberté si grande qu'elle n'aurait jamais osé en rêver. Au lieu de s'en remettre à un homme, même s'il s'agissait de quelqu'un de bon et de respectable, elle serait maîtresse de sa vie. Libre de décider du chemin qu'elle voulait emprunter. Etourdie à cette pensée, elle leva un regard implorant vers sa mère.

— Oh ! Maman, je ne sais plus…

— Je ne peux pas faire ce choix à ta place, Sierra, dit doucement Violet en lui caressant la joue du bout des doigts. Tu es la seule à savoir quelle direction tu dois donner à ton destin. Mais un mariage sans amour… Non, je ne souhaite cela à personne.

Au fond de sa conscience, Sierra entendait le discours d'une mystérieuse petite voix. *Tous les hommes ne sont pas comme Arturo Rocci. Tous les hommes ne sont pas cruels, tyranniques, inflexibles.* Elle réfléchit intensément. Il était possible que Marco Ferranti ne ressemble pas à son père. Seulement, après ce qu'elle avait entendu ce soir, le doute était permis, et elle refusait cette incertitude. En cas d'erreur, le prix à payer serait beaucoup trop élevé.

Prenant l'enveloppe d'une main tremblante, elle crispa les doigts dessus.

Violet hocha la tête.

— Bien. Dieu te garde, Sierra.

Les larmes aux yeux, la jeune femme serra sa mère dans ses bras.

— Ne perds pas de temps, murmura Violet.

Elle acquiesça avant de quitter la pièce, puis traversa le couloir à la hâte et s'enferma dans sa chambre. Devant elle, sur l'armoire, sa robe de mariée était suspendue, tel un fantôme.

Non sans fébrilité, elle s'habilla puis, très vite, prit un sac et y jeta quelques vêtements. Ses mains tremblaient.

La maison était silencieuse, l'air nocturne, paisible et immobile. En apercevant l'étui à violon sous son lit, Sierra hésita. S'enfuir avec cet instrument n'aurait rien de discret, pourtant…

Depuis toujours, la musique était son plus précieux refuge. Abandonner son violon, c'était comme s'amputer d'une part de son âme. Passant son sac de voyage sur l'épaule, elle attrapa l'étui avant de descendre au rez-de-chaussée à pas de velours, son cœur battant la chamade. Elle retint son souffle en arrivant devant la porte d'entrée. Celle-ci était toujours verrouillée pour la nuit, mais, à force de concentration et de délicatesse, elle parvint à tirer le loquet sans un grincement. Quand l'épais battant fut entrouvert, elle resta pétrifiée sur le seuil un bref instant. Le bureau de son père était là, à trois mètres d'elle. Celui-ci fourrageait dans ses papiers, son fauteuil craquant sous son poids. Terrifiée, elle crut qu'il allait sortir et se tint immobile, les poumons bloqués.

Enfin, elle l'entendit soupirer et ouvrit plus grand la porte, centimètre par centimètre, durant quelques secondes qui lui parurent une éternité… puis elle se glissa à l'extérieur.

Un instant plus tard, elle était dans la rue. Une dernière fois, elle leva les yeux vers les fenêtres éclairées de la villa.

Puis elle s'enfonça dans l'obscurité.

2.

Sept ans plus tard

— Elle ne viendra peut-être pas.

Avec un haussement d'épaules, Marco Ferranti se détourna de la fenêtre et de la vue sur le quartier des affaires qu'offrait le rez-de-chaussée de cette étude de Palerme. Le soleil était encore haut, en cette saison, et la circulation dense.

— Peut-être pas, non, acquiesça-t-il en plongeant son regard dans celui du notaire qui le considérait depuis son imposant bureau en acajou.

— Elle n'est pas venue aux obsèques de sa mère, rappela encore Roberto di Santis.

Les poings de Marco se serrèrent dans les poches de son pantalon.

— Je sais, rétorqua-t-il.

Trois ans plus tôt, Violet Rocci avait été emportée par un cancer foudroyant. Malgré les suppliques d'Arturo, Sierra ne s'était pas déplacée, ni pendant la maladie de sa mère ni lors de ses funérailles. Le fait qu'elle n'envoie pas même un mot, une carte ou des fleurs avait plongé le vieil homme dans un chagrin sans fond.

La dernière fois que Marco avait vu Sierra, c'était la veille de leur mariage. Ce fameux soir où, en la quittant, il l'avait embrassée et avait cru discerner une réponse à la fois timide et enflammée de la part de la jeune femme.

Le lendemain matin, devant l'autel de l'église Santa Caterina, il avait attendu de voir sa fiancée descendre la travée pour le rejoindre… Il avait attendu et attendu, encore et encore.

Sept ans plus tard, il attendait toujours que Sierra Rocci daigne apparaître.

Le notaire fureta dans ses documents avant de se racler bruyamment la gorge. Bien sûr, en cette fin de journée, il était à bout de nerfs et voulait en finir avec l'épreuve infernale que représentait le testament d'Arturo Rocci. Marco avait pu en prendre connaissance avant la mort du vieil homme, mais s'il savait ce qu'il contenait, il doutait fort que ce soit le cas de Sierra… Et il bouillait d'impatience de lui en exposer chaque détail.

Allons, tout de même… elle allait venir !

Il avait prié le notaire chargé de ce dossier d'entrer en contact avec la jeune femme. Lui-même savait depuis longtemps où elle vivait : cinq ans plus tôt, quand sa rage avait fini par retomber, il avait fait appel à un détective privé. Non pour établir un lien quelconque avec elle, mais par désir de découvrir ce qu'elle était devenue, ce qui lui était arrivé. Il n'avait pas prévu qu'en apprenant qu'elle menait une existence aussi modeste que paisible à Londres, il n'en éprouverait aucun soulagement, loin de là.

— Elle a dit qu'elle viendrait, non ? demanda-t-il, bien qu'il connût déjà la réponse.

Selon di Santis, lorsqu'il lui avait téléphoné chez elle, elle s'était engagée à être présente dans son étude le 15 juin à 18 h 30. Or il était près de 19 heures.

— Nous pourrions peut-être commencer sans…

— Non, coupa Marco en se remettant à faire les cent pas dans la pièce. Nous l'attendons.

un regard indéchiffrable. Il se félicitait de l'avoir contrainte à lui témoigner un minimum d'attention, mais il lui fut impossible de percer son expression. Elle le contemplait comme s'il était pour elle un parfait inconnu.

— Y a-t-il autre chose que je doive savoir ? demanda-t-elle au notaire.

— Euh… Je peux vous donner la lecture intégrale du testament.

— Non, ce n'est pas nécessaire, dit-elle d'une voix douce. Merci pour les bijoux de ma mère.

D'un mouvement fluide et élégant, elle se remit debout, et Marco comprit qu'elle s'en allait.

Voilà. C'était tout.

Après sept longues années de questionnements dans l'attente du moment où le retour de Sierra lèverait un coin de voile sur le mystère, il devait se contenter de ça : c'est-à-dire rien.

La jeune femme ne lui accorda pas même un coup d'œil en quittant la pièce.

En sortant de l'étude, Sierra eut l'impression de p[illegible] faire entrer un peu d'air dans ses poumons oppressé[illegible] avait les jambes qui tremblaient et les doigts blan[illegible] force de serrer la petite bourse en velours que lui avait remise le notaire.

Mais ce fut seulement vingt minutes plus tard, quand elle fut loin du centre de Palerme, au volant de sa voiture de location, qu'elle se sentit enfin respirer normalement. Certaine d'avoir laissé Marco Ferranti loin derrière elle, elle se força à se détendre et oublia le nœud qui avait douloureusement bloqué sa poitrine durant tout l'entretien.

Le ciel restait clair, le crépuscule attendrait encore deux bonnes heures, et elle voyait briller les reflets dorés de la Méditerranée sur la route menant aux montagnes Nebrodi. Elle avait hâte de parvenir à la villa ; à la sépulture de sa mère.

Quand di Santis l'avait appelée, elle avait d'abord envisagé de refuser de venir. Ensuite, elle avait songé que son père ne risquait plus de lui faire de mal et que la Sicile n'était désormais pour elle qu'une terre de fantômes et de mémoire. Elle pouvait faire l'aller-retour en partant à midi pour rentrer dès le lendemain et reprendre son travail… Avait-elle oublié Marco Ferranti ?

Un rire amer monta dans sa gorge. Non, elle n'avait pas oublié Marco, bien sûr. Du reste, elle ne s'était pas imaginé que ce soit possible. Mais à la vérité, elle avait sous-estimé la force de sa simple présence, l'aura charismatique qui émanait de lui. Car, même après sept ans, se tenir si près de lui avait suffi à la troubler.

En le retrouvant dans cette étude, dans son luxueux costume de soie, exhalant le pouvoir et les privilèges, plus séduisant encore qu'il ne l'était au moment de leurs fiançailles, un long frémissement l'avait parcourue de la tête aux pieds. Fort heureusement, elle avait su recouvrer ses esprits avant qu'il ne pose les yeux sur elle. Ensuite, elle s'était astreinte à ne pas le regarder.

Comment deviner ce qu'il éprouvait envers elle, après tout ce temps ? De la haine ? de l'indifférence ? Bah, après tout, cela n'avait aucune importance. Elle avait pris la bonne décision en s'enfuyant juste avant leur mariage. Jamais elle n'avait regretté son choix, il lui suffisait de voir ce qu'était devenu Marco Ferranti pour en être certaine : il était resté le bras droit de son père, s'assurant ainsi la succession à la tête des entreprises Rocci. C'était tout ce qu'elle avait besoin de savoir au sujet de cet homme.

Comme la route sinuait et que l'air se faisait plus frais avec l'altitude, elle reconnut le parfum de pinède des

montagnes. Le ciel se faisait menaçant et, à l'instant où Sierra arrêta la voiture devant les grilles de la villa, le tonnerre gronda.

Dès qu'elle claqua la portière derrière elle, elle frissonna. Il faisait encore tiède, et la nuit tombait tard en cette saison, mais le sirocco qui soufflait depuis l'Afrique du Nord semblait promettre une tempête. La cime des pins se balançait très haut, les montagnes l'encerclaient. Elle avait passé la majeure partie de son enfance dans cette villa et, même si elle avait aimé la beauté sauvage de ces lieux isolés, les souvenirs qu'elle en conservait étaient trop sombres pour qu'elle y soit attachée.

En approchant de l'entrée, elle sentit une petite douleur l'irradier. La voiture de son père était encore garée dans l'allée. Malgré elle, une peur ancienne refit surface, et elle entendit la voix terrifiante d'Arturo Rocci. Une appréhension familière suivit : celle des pleurs et des suppliques de sa mère… Oh, non, les fantômes de cette maison n'avaient rien de réconfortant.

Mais elle n'avait pas l'intention de s'attarder. Elle allait juste se rendre sur la tombe de Violet et s'y recueillir un moment avant de rentrer à Palerme, où elle avait réservé une chambre dans un hôtel bon marché. Le lendemain, à la même heure, elle serait de retour à Londres, et elle aurait fait ses derniers adieux à la Sicile.

D'un pas vif, Sierra longea le mur d'enceinte de la propriété, à la recherche du trou par lequel elle pourrait se glisser à l'intérieur du parc. Elle connaissait cet endroit comme sa poche. Sa mère et elle y séjournaient toujours quand Arturo les priait d'être à sa disposition, afin de jouer la comédie de la famille idéale aux yeux d'un partenaire ou des journalistes, ou lors d'un gala pour fêter l'ouverture d'un nouvel hôtel Rocci quelque part dans le monde. Violet avait vécu au garde-à-vous, dans l'attente d'un ordre de son mari, et cette servitude avait été le cauchemar de Sierra.

Enfin, elle trouva l'interstice et s'y faufila. Sans accorder un regard à la villa, que son père avait peut-être louée depuis la mort de Violet, elle se dirigea vers un bosquet d'arbres dont la densité du feuillage formait un abri contre les intempéries. Plusieurs nouveaux coups de tonnerre avaient retenti depuis le premier. Les branchages s'accrochaient à son chemisier et à sa jupe, et elle se maudit d'avoir choisi une tenue aussi peu appropriée.

Juste après le bosquet, elle repéra le vieux muret de pierres et poussa un soupir de soulagement.

C'était là que se trouvait le cimetière familial.

Dans le marbre blanc de la dernière stèle sur la droite, Sierra vit apparaître le nom de sa mère.

Puis, en s'approchant, elle déchiffra la suite :

Violet Rocci
Mon épouse tant aimée

Ces mots la frappèrent en plein cœur, et elle les fixa longuement en retenant ses larmes.

C'était *sa mère tant aimée*, oui… mais « épouse » ? Son père avait-il jamais éprouvé un tant soit peu d'amour pour celle à qui il n'avait offert que souffrance et malheur ? De quelle sorte d'amour s'agissait-il ? Non, ce n'était pas possible : l'amour, ce n'était pas cela. L'amour n'était pas la constante répétition de douleurs, une suite de châtiments et d'humiliations. Même si elle n'avait pas l'intention d'explorer elle-même ce sentiment entre un homme et une femme, elle voulait croire qu'il valait mieux que ça.

— Je t'aime, maman, murmura-t-elle en posant la main sur le marbre froid.

Seigneur, sa mère lui avait tant manqué, au cours des

sept dernières années ! Au début, elles avaient échangé quelques lettres, puis Violet l'avait dissuadée de lui écrire plus longtemps, craignant que sa fille ne soit plus en sécurité. Il ne lui restait donc que ces rares et précieuses missives, datant de bien avant la maladie de sa mère.

Avec un profond soupir, elle chassa ses larmes. Pas question de pleurer maintenant, alors qu'elles avaient eu tant de chagrin…

Au bout de quelques minutes, elle tourna le dos au petit cimetière et retourna vers la voiture. De tout son cœur, elle espérait que Violet Rocci avait trouvé la paix, désormais, loin de la cruauté de son mari. C'était un piètre réconfort, mais elle n'en avait pas d'autre.

Alors que des éclairs déchiraient le ciel, la pluie se mit à tomber. Maudissant ses escarpins, Sierra se précipita vers la faille dans le mur pour la traverser avant de reprendre sa course sous la pinède. A cet instant, l'averse redoubla d'intensité, et le vent se leva. En quelques secondes, elle se retrouva trempée jusqu'aux os ; son chignon se défit pour se transformer en mèches dégoulinantes, tandis que son chemisier se plaquait contre sa peau.

Pestant en son for intérieur, elle pressa encore le pas. Sa voiture apparaissait devant elle quand elle repéra un luxueux tout-terrain noir garé juste derrière. Au moment où elle posait le pied sur le bitume, la portière s'ouvrit, et une silhouette hélas bien familière en émergea.

Malgré la pluie battante, Marco Ferranti fit quelques pas dans sa direction et, aussitôt, sa chemise blanche se colla à son torse, révélant chaque détail de son impressionnante musculature. Sierra détourna les yeux sur-le-champ. Il lui fut cependant impossible de ne pas apercevoir le sourire ravi de l'homme qui la considérait avec une satisfaction triomphante.

D'un pas tranquille, ignorant les trombes d'eau qui lui

tombaient dessus, il s'avança jusqu'à se trouver à quelques centimètres d'elle. Ses cheveux et son visage ruisselaient.

— Que diable fabriques-tu ici ? lança-t-il d'un ton sec et méprisant.

3.

Sierra prit une longue inspiration et s'essuya le front d'une main pour en décoller ses cheveux.

— Je suis venue me recueillir, expliqua-t-elle avec froideur.

Pressée d'abréger son supplice, elle tenta de le contourner pour regagner sa voiture, mais il lui barra aussitôt le passage.

Serrant les dents, elle soutint son regard.

— Et toi ? demanda-t-elle d'un ton de défi, afin de dompter l'appréhension qui la gagnait. Qu'est-ce que tu fais ici ?

Elle savait bien que là, devant elle, se tenait celui qu'il lui avait soigneusement dissimulé derrière un masque charmeur, du temps où il lui faisait la cour : un homme colérique, menaçant, qui se révélait à présent sous son véritable jour et n'hésitait plus à l'intimider de sa haute stature. Pourtant, comme avec son père autrefois, elle ne lui offrirait pas la satisfaction de lui laisser voir sa peur.

— Je suis chez moi, objecta-t-il. A compter de ce jour.

Il se rengorgea en prononçant ces mots, et son sourire triomphant lui donna la nausée.

— Eh bien, dans ce cas, profites-en bien, répliqua-t-elle.

— C'est mon intention. Or tu viens de violer une propriété privée, tu t'en rends compte ?

Sierra en resta un instant bouche bée de stupéfaction. Avait-elle réellement songé à épouser cet homme ?

— Je m'en vais, conclut-elle.

— Pas si vite, dit-il en lui agrippant le poignet.

Ce geste autoritaire déclencha en elle un vieux réflexe d'autoprotection. Sa gorge se serra, et elle se figea, raidissant son corps dans l'attente du coup qui n'allait pas manquer de suivre. Mais celui-ci ne vint pas. Marco se contentait de planter son regard dans le sien, et elle eut besoin d'une minute pour comprendre que sur sa chair, les doigts de son compagnon n'exerçaient qu'une pression délicate.

— Je veux savoir ce que tu fais ici, reprit-il.

— Je viens de te le dire, assena-t-elle. Pour me recueillir.

— Tu es entrée dans la villa ?

Elle lui décocha un regard noir.

— Non.

— Comment puis-je en être sûr ? Tu pourrais très bien avoir dérobé quelque chose.

L'incrédulité la fit éclater de rire. Si elle avait pu douter d'avoir fait le bon choix en repoussant Marco Ferranti à la dernière minute, il venait de le dissiper définitivement.

— Grands dieux, que veux-tu que je vole ? ironisa-t-elle en se libérant de son emprise pour lever et écarter les bras. Et où l'aurais-je caché ?

En suivant le regard de Marco, qui venait de se fixer sur sa poitrine, elle s'aperçut alors que son soutien-gorge en dentelle s'imprimait en transparence sous la soie de son chemisier détrempé.

— Avec toi, je ne peux être sûr de rien, répliqua-t-il. Sauf de ne pas pouvoir te faire confiance.

— Tu m'as suivie jusqu'ici depuis Palerme ? demanda-t-elle, toujours aussi abasourdie par son attitude.

— Je voulais savoir où tu allais, avoua-t-il.

— Eh bien, tu le sais, maintenant. Et je retourne en ville.

Elle fit un pas en avant, et il la retint une nouvelle fois en étendant le bras.

— La route est impraticable. L'averse l'a inondée, et probablement barrée. Tu ferais mieux de rentrer dans la villa jusqu'à la fin de l'orage.

— Pour que tu poursuives ton interrogatoire afin de vérifier que je n'ai rien volé ? Non merci. Je préfère tenter ma chance en voiture.

— Ne dis pas de bêtises, coupa-t-il d'un ton si impérieux qu'il lui rappela son père.

— Je ne dis pas de bêtises, s'écria-t-elle. J'ai bien l'intention de rentrer à Palerme tout de suite.

— Et de risquer un accident, voire la mort, plutôt que d'aller te sécher dans une maison avec moi ? Qu'est-ce que j'ai bien pu faire pour t'inspirer un tel dégoût ?

— Mais… tu viens de m'accuser de voler !

— Je voulais seulement savoir ce que tu faisais ici.

Au-dessus d'eux, un coup de tonnerre plus menaçant retentit, et Sierra sursauta. Elle était trempée jusqu'à la moelle, et elle savait que Marco avait raison. Cette petite route de montagne devenait impraticable quand il y avait des intempéries, et il faudrait attendre un bon moment pour s'y risquer à nouveau.

— Très bien, lâcha-t-elle à contrecœur en retournant à sa voiture, pendant que Marco ouvrait les grilles.

Elle serra le volant et prit une longue inspiration avant de suivre le véhicule de son compagnon et de s'arrêter derrière lui, au pied du porche. Sa mémoire bouillonnait de souvenirs pénibles et son cœur semblait prêt à exploser sous l'effet de la panique ; Dieu, comme elle regrettait d'avoir entrepris ce voyage en Sicile !

Elle regarda Marco gravir les quelques marches menant à la grande porte et le rejoignit avec répugnance.

— Quelqu'un vit ici ? interrogea-t-elle tandis qu'il pianotait le code d'entrée.

— Non. Je ne m'en suis pas occupé pour le moment. J'étais en permanence à Palerme…

Il se retourna vers elle, lui décocha un regard entendu et précisa :

— Pour pouvoir veiller ton père, à l'hôpital.

Sierra préféra ne pas répondre. Le notaire, di Santis, lui avait révélé qu'Arturo était mort d'un cancer du pancréas : la tumeur s'était développée durant des années à son insu, puis la fin avait été rapide. Après cette conversation au téléphone, elle avait tenté d'éprouver du chagrin pour l'homme qui lui avait donné la vie ; mais elle n'avait rien ressenti, sinon le soulagement de savoir qu'il n'était plus là.

Marco ouvrit la porte, et elle le suivit dans le hall au sol de marbre. A l'intérieur, il faisait froid, l'air sentait le renfermé, et les meubles avaient disparu sous des draps. Elle frissonna.

— Je vais allumer le chauffe-eau pour que tu puisses prendre une douche, annonça-t-il. Je crois qu'il y a des vêtements propres à l'étage.

— Les miens ? s'étonna-t-elle.

— Non. Il y a longtemps qu'on les a enlevés d'ici. Mais j'ai laissé du linge dans une chambre d'amis. Tu peux emprunter ce que tu veux, en attendant que tes affaires sèchent.

Sierra resta un moment immobile dans le couloir, à l'entrée du salon. Ses cheveux dégoulinaient sur le marbre, pendant qu'elle regardait Marco ôter les draps du mobilier et allumer les lampes l'une après l'autre. C'était tellement étrange de se trouver dans cette villa… Elle ne pouvait se défaire de l'idée qu'elle en était prisonnière, pas seulement à cause de la route impraticable et de tous les souvenirs qui la hantaient, mais aussi parce qu'elle regardait cet homme égrener chaque geste du propriétaire des lieux. Elle n'avait qu'une envie : partir.

— Je vais allumer un feu dans le petit salon, dit Marco. Mais j'ai bien peur qu'il n'y ait pas grand-chose à manger.

— Je n'ai pas faim. Je tiens à rentrer le plus rapidement possible.

Le sourire de son compagnon se fit moqueur.

— Oh ! tu peux oublier ça. La route va être inondée un bon moment. Tu ne pourras certainement pas repartir avant demain matin.

Elle le dévisagea avec attention. Même en colère et hostile, il restait très séduisant. Une force extraordinaire émanait de son corps puissant. Mais elle n'aimait pas la force virile ; elle détestait ceux qui abusaient de leur pouvoir.

Agacée, elle détourna les yeux.

— Tu ne veux pas aller prendre un bain et te changer ? suggéra-t-il.

Sierra sentit un frisson glacé la parcourir. L'idée de passer une nuit sous le même toit que Marco Ferranti lui déplaisait au plus haut point. Tout comme celle de se déshabiller à proximité de lui, de se laver… Elle avait l'impression d'être redevenue infiniment vulnérable. Son hésitation devait se lire sur ses traits, car il ajouta, un rictus cynique sur le visage :

— Ne me dis pas que tu crains pour ta vertu ? Crois-moi, *cara*, j'aimerais mieux être foudroyé sur place plutôt que de m'approcher de toi.

Le mépris avec lequel il prononça ces mots la stupéfia. Elle avait eu tout le temps de s'habituer à ce que la cruauté soit une seconde nature chez son père, mais celle de Marco la heurtait. Sans doute parce qu'autrefois, il s'était montré doux avec elle.

— Tant mieux, répondit-elle d'une voix mal assurée. Parce que c'est la dernière chose que je veuille, moi aussi.

Il se retourna vers elle et plongea son regard étincelant dans le sien.

— Tiens donc… En es-tu certaine ?

Sierra ne broncha pas. Autrefois, son corps avait réagi à celui de Marco, et elle mesurait la redoutable séduction de cet homme : elle pouvait encore manifester de la faiblesse en sa présence. Une caresse, un baiser, et elle risquait de se liquéfier, ce qui la mortifiait au plus haut point.

— Absolument, lâcha-t-elle froidement avant de tourner les talons pour monter l'escalier.

A l'étage, elle trouva les affaires de Marco dans le placard d'une petite chambre, et se demanda pourquoi il ne s'était pas installé dans la suite principale. Après tout, il était chez lui, comme il le lui avait rappelé avec une brutalité exemplaire. Tout lui appartenait : cette maison, le *palazzo* de Palerme, la chaîne hôtelière et toutes les affaires de l'empire Rocci. Son père avait tout légué à celui qu'il considérait comme un fils — et rien à sa fille.

Ou presque rien. Avec précaution, elle sortit la bourse en velours de la poche de sa jupe. Le collier de perles et la broche en saphir qui avaient appartenu à sa mère avant son mariage étaient désormais les siens. Elle n'aurait pas su dire pour quelle raison Arturo avait souhaité les lui transmettre ; fallait-il prendre ce geste pour un moment d'attendrissement sur son lit de mort ? Une volonté de sauver la face dans le testament ? Ou une dernière tentative de passer pour un père aimant et endeuillé par la disparition de sa femme ?

C'était sans importance. Elle avait un souvenir de sa mère, et c'était tout ce qu'elle était venue chercher.

A la hâte, Sierra se débarrassa de ses habits mouillés, prit une petite douche chaude et enfila un T-shirt gris et un pantalon de survêtement de Marco. Porter ses affaires lui procurait une impression très étrange… Elle lui emprunta également une ceinture pour empêcher le bas de tomber, et laissa ses cheveux trempés sécher à l'air libre, dans son dos.

Enfin, non sans appréhension, elle redescendit l'escalier. Elle aurait préféré rester cachée au premier étage jusqu'à la fin de l'orage, mais Marco était capable de venir la chercher. Peut-être valait-il mieux en finir avec le passé, une bonne fois pour toutes : accepter d'avoir avec lui cette conversation qui leur permettrait de reprendre chacun son chemin.

Elle le trouva accroupi dans le petit salon, devant le feu de cheminée qu'il venait d'allumer. Lui aussi s'était changé et portait un jean et un T-shirt noirs qui mettaient en valeur ses épaules carrées et ses longues jambes d'athlète. Même si c'était horripilant, elle devait admettre que, dans n'importe quelle tenue, cet homme irradiait la puissance sexuelle.

Mal à l'aise tandis qu'elle contemplait ses cheveux noirs qui frisaient légèrement sur sa nuque, elle sentit la pointe de ses seins se durcir sous le coton de son T-shirt. C'était à n'y rien comprendre. Il la haïssait. Quant à elle, elle savait quel genre d'homme c'était, maintenant. Alors comment pouvait-elle éprouver du désir ?

Lorsqu'il la vit et qu'il lui décocha un coup d'œil, sa température monta d'un cran, et elle sentit une flamme intense s'allumer au creux de son ventre. Il y avait quelque chose d'extraordinairement magnétique dans les iris gris de Marco. Il se redressa, et elle eut tout loisir d'admirer la puissance de ses longues cuisses et le dessin de ses pectoraux. Elle se rappela la peur qu'elle avait éprouvée, à dix-neuf ans, devant ce corps mâle qui faisait surgir en elle une fièvre et des élans inédits. Aujourd'hui, c'était plutôt… de la curiosité. Et peut-être même une certaine frustration à l'idée d'être passée à côté.

Elle serra la mâchoire. Bien. Marco était beau et sexy, mais cela n'avait rien de nouveau. Et cela ne changeait rien à ce qu'il était ni à la raison qu'elle avait eue de le fuir.

— Viens te réchauffer, suggéra-t-il d'un ton engageant en lui faisant signe de s'installer dans un fauteuil.

Elle déglutit et posa ses pieds nus sur l'épais tapis de soie. — Merci.

— Quand rentres-tu à Londres ? demanda-t-il.

Il avait lancé la question avec amabilité, sans provocation. Sierra se força à se décrisper un peu. Peut-être Marco tentait-il de faciliter les choses entre eux.

— Demain.

— Si tôt ? Tu n'as pas d'affaires à régler ici ?

Elle lui décocha un regard en coin. Ses yeux d'argent brillaient d'une lueur moqueuse, et il affichait une moue insolente. Ses questions avaient *l'air* innocentes, mais elle percevait sa rage latente sous le vernis de politesse.

— Non. Je ne m'attendais pas à ce que mon père me lègue quoi que ce soit.

— Vraiment ? rétorqua-t-il, une note déçue dans la voix.

— Pourquoi l'aurait-il fait ? Je ne lui ai jamais parlé et je ne l'ai jamais vu en sept ans.

— C'était ton choix.

— Exactement.

Ils gardèrent le silence un moment, écoutant les craquements du bois dans la cheminée, le sifflement du vent. Sierra s'était souvent demandé si Marco savait comment Arturo Rocci se comportait avec son épouse et sa fille. Etait-il au courant de ses méthodes abusives et cruelles ? Et si oui, les condamnait-il ? A partir de quel point ? Considérait-il une bonne gifle comme un geste déplacé ? Que pensait-il du chantage affectif, des flots d'insultes ? Y accordait-il seulement une quelconque importance ?

La nuit où elle s'était enfuie, elle avait conclu ne pas pouvoir courir ce risque ; faire confiance à un homme qu'elle connaissait à peine et qui était si proche de son père était pure folie.

— Pourquoi es-tu revenue ici, dans cette villa ? l'interrogea-t-il de but en blanc, l'extirpant de ses pensées.

— Je te l'ai dit, je…

— Oui, pour te recueillir. Mais devant quoi ? Qui ?

— Ma mère. Sa tombe se trouve ici, dans le cimetière familial.

Il planta son regard sévère dans le sien.

— Et pourtant, reprit-il, tu n'as pas fait le voyage quand elle est tombée malade. Tu n'as même jamais envoyé un mot.

Parce qu'elle n'était pas au courant. Cela dit, si elle avait su ce qui arrivait à sa mère, serait-elle revenue ? Aurait-elle risqué de retomber sous la coupe de son père ? Durant une fraction de seconde, elle ferma les yeux.

— Pas de réponse, hein ? lança-t-il d'un ton mauvais.

— Tu connais la réponse. D'ailleurs, ce n'était pas une question.

Il secoua lentement la tête.

— En tout cas, tu corresponds bien à l'idée que je m'étais faite de toi.

Sa voix contenait un tel dégoût que Sierra se redressa pour le considérer avec hauteur.

— Puis-je savoir ce que cela veut dire ?

— Cela signifie que pendant sept ans, je me suis demandé quel genre de garce froide j'avais failli épouser. Maintenant, je le sais.

La violence de ces paroles lui fit l'effet d'un soufflet en plein visage.

— Tu peux penser ce que tu veux, répliqua-t-elle malgré la douleur qui lui vrillait le cœur.

— Je ne te le fais pas dire. D'autant plus que tu refuses toujours de me fournir la moindre explication, n'est-ce pas ? Pas le moindre mot sur ce que tu as fait, non seulement en me quittant, mais encore en tournant le dos à toute ta famille ?

Sierra préféra rester muette. Elle n'avait aucune envie de se disputer avec Marco, qui ne cherchait pas vraiment à obtenir des réponses, mais semblait plutôt déterminé à lancer des accusations, à livrer son jugement. A quoi bon s'expliquer ? Il s'était forgé une opinion à son sujet des années auparavant et rien de ce qu'elle pourrait dire ou faire n'y changerait quoi que ce soit, pas même la vérité. Pire, il avait choisi de demeurer sous l'influence d'Arturo Rocci pendant plus d'une décennie : de son plein gré, il avait joué le rôle de bras droit, de factotum. Soit il savait comment son père les avait traitées, sa mère et elle ; soit il avait préféré se voiler la face.

— Tu n'as donc rien à dire, Sierra ?

Seigneur, il prononçait son prénom avec tant de froideur ! Elle ne put réprimer un frisson. Durant un bref instant, elle se remémora le goût de ses lèvres, quand il l'avait embrassée dans le parc, pour la première fois. La pression de ses mains puissantes contre son corps. Les décharges électriques qu'elle avait ressenties lorsqu'il avait effleuré ses seins, et la manière dont ses tétons avaient durci. Le feu à la fois fascinant et redoutable qui s'était allumé en elle, à l'époque où aucun homme ne lui avait révélé le désir physique.

Elle repoussa au plus vite ce souvenir. Marco était doué pour embrasser une femme, et alors ? Il le savait trop bien, et il avait dû avoir des douzaines de maîtresses dans son lit. Cela ne changeait rien à leur relation.

— Non, concéda-t-elle. Je n'ai rien à dire.

4.

Sans quitter Sierra des yeux, Marco s'efforçait de dominer la bouffée de colère qui montait encore en lui. Comment pouvait-elle se montrer aussi glaciale ?

— Tu sais, j'admirais déjà ta froideur, à l'époque où je t'ai connue, déclara-t-il.

— Ma froideur ? répéta-t-elle en écarquillant les yeux.

— Oui, tu étais si composée, si… maîtresse de tes émotions. Je trouvais ce trait de caractère particulièrement fascinant.

Elle le considéra avec surprise, mais il s'aperçut qu'elle était sur ses gardes, comme si elle redoutait la suite.

— Bien sûr, ajouta-t-il avec une lenteur étudiée, j'étais loin d'imaginer que ton attitude venait du fait que tu n'as pas de cœur. Que ce n'était pas juste une apparence, mais ce que tu es en profondeur : un glacier.

Sauf dans ses bras, songea-t-il.

Son absence de réaction faillit le faire exploser.

— Bon sang, Sierra ! Il ne t'est jamais venu à l'esprit que je méritais au moins une explication ?

Depuis l'entrée de la jeune femme dans l'étude du notaire, il était en proie à un véritable chaos intérieur, tant ses sentiments, refoulés depuis si longtemps, prenaient le dessus. Le désir, la colère, l'incompréhension dansaient une folle sarabande dans ses veines, et il détestait se sentir à fleur de peau. Après sept années d'efforts constants pour tourner la page, cette soirée représentait un échec cuisant.

— Eh bien ? insista-t-il.

Maintenant qu'il avait posé la question qui le rongeait, il exigeait une réponse.

— Je pensais que mon départ était une explication suffisante, lâcha-t-elle avec un calme sidérant.

Bouche bée, Marco la fixa un moment sans réagir. Puis il serra les poings et répliqua :

— Comment diable as-tu pu croire une chose pareille ?

— Ma foi... Il me semblait évident que j'avais changé d'avis, souffla-t-elle.

— Certes, je m'en suis bien aperçu, dit-il d'un ton exaspéré. Mais je n'ai jamais compris pourquoi, pas plus que ton père. Te rends-tu seulement compte que ta fuite l'a dévasté ? Son désespoir était indescriptible.

Il ne pouvait oublier le visage ruisselant de larmes d'Arturo au moment où il l'avait serré dans ses bras, sur le parvis de l'église, pour lui révéler que Sierra avait disparu. Marco s'était retrouvé sous le choc, assommé, incapable d'y croire. Sa fiancée n'avait pas seulement fait une petite fugue... Elle avait pris la fuite, définitivement. Durant une seconde, il s'était dit que c'était un juste retour des choses : comment avait-il pu espérer pénétrer officiellement dans la famille Rocci ? C'était trop beau, trop merveilleux pour être vrai.

Et comme pour mieux illustrer son rejet, sept ans plus tard, Sierra croisa les bras sur sa poitrine, ses yeux bleus plus froids qu'un iceberg.

— Et toi, Marco, pourquoi voulais-tu m'épouser ? objecta-t-elle. Puisque nous fouillons le passé en toute franchise, j'apprécierais que tu me le dises, car je ne l'ai jamais compris. Je sais que tu ne m'aimais pas.

— Non.

Il pouvait l'admettre, il ne la connaissait pas assez pour être amoureux d'elle et, de toute façon, il ne voulait pas entendre parler d'amour. Ce sentiment exigeait que l'on s'ouvre à l'autre, que l'on écarte son bouclier au risque de prendre un coup mortel. Sa mère le lui avait, hélas, un peu trop bien enseigné. Il n'était ni assez fou ni assez idiot pour retomber dans le piège.

— Alors ? insista Sierra.

— Je pourrais te retourner la question, répondit-il. Pour quelle raison as-tu accepté de m'épouser ?

Avant de changer d'avis…

Elle resta de marbre.

— Parce que je m'étais persuadée que je pourrais être heureuse avec toi, avoua-t-elle. Mais j'ai compris, certes au dernier moment, que je m'étais trompée.

— Et qu'est-ce qui t'a amenée à cette conclusion ?

Elle poussa un profond soupir.

— Tu veux vraiment que nous allions jusque-là ? Sincèrement, Marco, tu crois que ça t'aidera ? Il s'est passé tant de choses depuis… Sept années se sont écoulées. Nous pourrions être d'accord sur le fait que…

— Etre d'accord ? interrompit-il. Enfin, Sierra, il ne s'agit pas d'un petit détail de la vie quotidienne ! Nous parlons de notre mariage ! Nous étions à quelques heures de nous engager l'un avec l'autre jusqu'à la fin de nos jours !

— Je le sais.

Elle avait pâli. Ses grands yeux brillaient d'un éclat témoignant de larmes contenues, mais elle levait le menton d'un air belliqueux et se tenait droite et raide face à lui.

— Alors pourquoi…

— Tu n'as toujours pas répondu à ma question, Marco, le coupa-t-elle. Pour quelle raison voulais-tu m'épouser ?

Il la considéra un moment, furieux d'être ainsi acculé.

— J'ai besoin d'un verre, déclara-t-il enfin avant de se diriger vers la cuisine.

Elle ne le suivit pas.

Il ouvrit un placard et en sortit une bouteille de whisky dont il se servit une rasade.

Bon sang, de quel droit le mettait-elle, *lui*, en accusation ? Qu'est-ce que cela pouvait bien faire, qu'il ait choisi de l'épouser pour telle ou telle raison, dès lors qu'elle avait accepté ?

Quand il revint dans le salon, Sierra s'était rapprochée du feu. Une lumière mordorée jouait sur son visage angélique. Ses cheveux étaient presque secs, et ondulaient aux extrémités. Dans ces vêtements trop grands pour elle, elle était infiniment désirable. Le T-shirt avait bâillé sur une de ses épaules, révélant sa peau dorée et la délicatesse de son ossature. La ceinture soulignait la finesse de sa taille et la courbe généreuse de ses seins. Il se rappela l'instant où il les avait pris dans ses mains, et la force inouïe du désir qui l'avait submergé à cette seconde. Son désir et celui de Sierra : il l'avait sentie réagir avec tant d'ardeur à ses caresses…

— Tu ne manques vraiment pas de culot de me demander des comptes, lança-t-il. C'est toi qui es partie sans une explication.

— Je sais.

— Et tu ne m'as toujours pas dit pourquoi. Tu as changé d'avis, d'accord, je peux le comprendre. C'était assez évident sur le moment. Mais maintenant, je veux que tu m'avoues ce qui s'est passé. Tes parents ne sont plus là pour découvrir ce qui t'a poussée à les abandonner. Moi, si. Tu ne penses pas qu'il est temps d'affronter la vérité ?

Sierra resta silencieuse un long moment. Que dire ? Qu'est-ce que Marco accepterait de croire ?

Il la considéra avec dureté.

— Tu refuses toujours ?

Elle prit une grande inspiration et répondit :

— Bon, d'accord. La vérité, c'est que j'ai remis ma décision en cause. J'ai eu peur. Je me suis rendu compte que j'allais confier ma vie à un inconnu et que c'était une erreur.

Visiblement stupéfait, il écarquilla les yeux.

— Pardon ? Tu as compris ça *la veille de notre mariage* ? Cela ne t'avait jamais traversé l'esprit pendant que nous sortions ensemble ?

— Cela n'a duré que quatre semaines, protesta-t-elle. Et pendant ce court laps de temps où tu m'as fait la cour, j'ai cru que c'était la bonne décision. Ce soir-là, je me suis aperçue que j'avais tort.

Il secoua la tête en riant nerveusement.

— C'est hallucinant. Tu présentes les choses comme si c'était une évidence…

— En un sens, c'en est une, Marco, reprit-elle en rassemblant son courage. Nous n'étions pas amoureux l'un de l'autre. Nous nous connaissions à peine : nous étions juste sortis ensemble en quelques occasions, toutes orchestrées par mon père qui en avait contrôlé chaque étape. Notre mariage n'aurait pu que mener au désastre.

— Tu en as la certitude ?

— Oui, répondit-elle avant de détourner les yeux.

En vérité, elle n'avait aucun moyen d'en être sûre. Marco était *peut-être* un homme attentionné, gentil et fiable, et leur union aurait *peut-être* pu fonctionner, même si la proximité de Marco et de son père était de très mauvais augure. De toute façon, le doute subsisterait toujours. Jusqu'où Arturo Rocci avait-il exercé son influence sur Marco ? A en juger par la colère froide que manifestait son ex-fiancé aujourd'hui, elle était en droit d'entretenir quelques craintes.

Non... Elle avait fait le bon choix.

Et elle finirait par s'en convaincre.

— Tu as changé d'avis, déclara Marco, impitoyable. Mais pourquoi ne pas me l'avoir dit ? En quoi avais-je mérité un tel manque de courtoisie ? Au minimum, tu aurais pu me laisser une lettre. J'aurais pu te persuader que...

— Exactement, le coupa-t-elle. Tu aurais voulu me faire changer d'avis. Marco, j'avais dix-neuf ans et toi presque trente, tu étais sophistiqué, tu connaissais le monde et, par rapport à moi, tu avais une longue expérience dans bien des domaines. Moi, je n'en avais aucune, et je craignais que tu ne balaies tous mes arguments : j'aurais fini par me marier avec toi par peur.

— Quoi ? T'ai-je donné une seule raison d'avoir peur de moi ? Enfin, Sierra, tu te rends compte de ce dont tu m'accuses ?

Elle sentit sa gorge se serrer. Marco la poussait dans ses derniers retranchements, l'empêchant de se dérober comme elle l'avait espéré. Elle n'avait plus le choix et devait tout lui révéler. Mais après tout, pourquoi pas ?

— Je t'ai entendu, avoua-t-elle en plantant son regard dans le sien.

Il fronça les sourcils.

— Je suis censé savoir de quoi tu parles ?

— La veille de notre mariage, le soir, après le dîner. Je vous ai surpris en pleine discussion, mon père et toi.

Il secoua la tête, sans la quitter des yeux.

— Je ne vois toujours pas à quoi tu fais référence, Sierra.

Elle inspira à pleins poumons afin de rassembler son courage et lâcha d'un trait :

— Tu as dit « Je sais comment la gérer », Marco.

Malgré le passage du temps, ce souvenir la brûlait encore. Prononcer ces mots terribles la dévastait.

— Lorsque mon père t'a expliqué que les femmes en profitaient, quand les hommes se montraient trop gentils, c'est ce que tu lui as répondu. Comme si j'étais un chien, un animal à museler. Une chose qu'on dresse et non quelqu'un qu'on respecte.

Le silence tomba dans la pièce. Médusé, Marco la fixait. Sierra retenait son souffle.

Enfin, il hocha lentement la tête et demanda :

— Et à cause d'une seule phrase, une phrase dont je ne me souviens même pas, tu m'as condamné à jamais ?

— Une phrase comme ça, c'est suffisant.

Il étouffa un juron, et elle frémit. Elle se sentait toujours paralysée de crainte face à un homme en colère et se retrouvait chaque fois les muscles de son corps tendus, prête à recevoir des coups.

Il éclata :

— Comment as-tu pu…

Il s'interrompit, secoua encore la tête en signe d'incrédulité et soupira :

— Je ne veux même pas savoir. En fait, tes excuses ne m'intéressent pas, conclut-il avant de la quitter pour se rendre dans la cuisine.

Sierra resta immobile un moment, puis elle se décida à le rejoindre. Il fallait bien en finir avec cette conversation.

Elle préféra se tenir sur le seuil de la pièce, où elle le regarda ouvrir furieusement chaque placard. Au bout d'un moment, il en tira un paquet de pâtes qu'il jeta sur le plan de travail.

— J'ai bien peur qu'il n'y ait rien d'autre à manger, dit-il.

— Je n'ai pas faim.

— Ne joue pas à ça, je me doute que tu n'as rien avalé de la journée. Il faut que tu reprennes des forces.

Il n'avait pas tort, songea-t-elle à l'instant où son estomac se mettait à protester bruyamment.

Marco lui renvoya une moue railleuse, et elle esquissa elle-même un sourire de capitulation.

— D'accord, acquiesça-t-elle. Laisse-moi t'aider.

Ils préparèrent le dîner en silence. La tension qui régnait dans la pièce était à couper au couteau, et Sierra préféra se concentrer sur les tâches les plus simples : remplir une casserole d'eau et préparer une sauce avec les quelques herbes aromatiques et la conserve de tomates que Marco avait dénichée dans le cellier.

L'idée qu'il était à présent chez lui, dans cette maison qui avait été la sienne durant toute sa jeunesse, lui laissait une curieuse impression. La grande cuisine était si familière, avec sa table en noyer, sur laquelle elle prenait autrefois son petit déjeuner en compagnie de sa mère… De son côté, elle avait connu quelques moments de joie dans cette villa, mais Violet n'avait jamais su être heureuse loin d'Arturo. Pendant ce temps, le glorieux patriarche menait sa petite vie en ville, avec ses maîtresses… Sierra secoua tristement la tête. Aujourd'hui encore, les choix de sa mère la désespéraient.

Marco surprit ce geste et la dévisagea.

— Que se passe-t-il ?

— Comment cela ?

— Tu secouais la tête. Tu penses à quelque chose ?

— Pas vraiment, non.

— Allons, Sierra…

Elle soupira, vaincue.

— Je pensais à ma mère, admit-elle. Et au fait qu'elle me manque.

— Pourquoi n'es-tu jamais revenue, dans ce cas ? demanda-t-il, un étonnement sincère dans les yeux.

— Je ne pouvais pas.

— Mais pourquoi ?

— Parce que mon père ne voulait pas de moi ici, après… après ce qui s'était passé.

— Tu te trompes, assena-t-il avec une telle assurance qu'elle en fut ébranlée.

Comment pouvait-il être aussi sûr de lui ?

— Tu juges les gens trop vite, Sierra. Ton père comme moi. Il t'aurait accueillie à bras ouverts, je le sais. Il me l'a répété des centaines de fois.

A ces mots, elle s'appuya contre le comptoir. Marco ignorait donc tout… Arturo lui avait farci la tête de mensonges, comme elle l'avait suspecté. Il était visiblement persuadé de ce qu'il disait. Ce qui signifiait aussi qu'il ne la croirait jamais, si elle lui révélait la vérité.

— Je n'étais pas prête à courir ce risque, expliqua-t-elle.

— Tu lui as brisé le cœur, comme celui de ta mère. Ils n'ont plus jamais été les mêmes, ni l'un ni l'autre.

La culpabilité se déversa dans ses entrailles, acide et impitoyable. Elle avait toujours su ce que son départ coûterait à Violet, même si elle avait tout fait pour refouler cette évidence. Et aujourd'hui, le poids était lourd à porter.

— Qu'est-ce que tu en sais ? protesta-t-elle. Tu voyais ma mère si souvent que ça ?

— Suffisamment. Arturo m'invitait fréquemment à dîner. Violet s'est mise à vivre comme une recluse…

— Elle a toujours été une recluse, l'interrompit-elle. Nous habitions toutes les deux ici, dans cette villa, sauf quand mon père nous sommait de faire une apparition.

— La vie à la campagne convient mieux aux enfants, fit-il remarquer en balayant la pièce du regard. D'ailleurs, c'est un endroit fantastique pour une famille.

L'excitation qu'elle perçut dans sa voix la troubla. Parlait-il des enfants qu'ils auraient pu avoir ensemble ? Ou de ceux qu'il espérait concevoir ici avec une autre femme, maintenant que la villa était à lui ? Comme l'amertume la submergeait, elle préféra revenir à leur discussion.

— Que voulais-tu dire en annonçant qu'elle s'est mise à vivre comme une recluse ?

— Qu'elle s'est renfermée sur elle-même, coupée de la société : souvent, elle refusait de se joindre à nous au repas ; elle a cessé de sortir et de participer à des événements, et sa santé a décliné.

Les larmes montèrent aux yeux de Sierra, et elle rassembla toutes ses forces pour les réprimer. Pas question de pleurer devant Marco. Elle avait une idée très précise de la raison pour laquelle sa mère s'était mise davantage en retrait : furieux de la fuite de sa fille, son père s'en était pris à elle, redoublant de cruauté… La malheureuse avait dû tenter de se protéger en se transformant en ermite.

— La vérité fait mal, n'est-ce pas ? déclara-t-il, une note de triomphe dans la voix.

Il avait forcément vu ses yeux rougir et, bien entendu, cela lui faisait plaisir.

— Bien sûr, ajouta-t-il, c'est facile d'oublier quand on est loin.

— Rien de tout cela n'a été facile, rétorqua-t-elle avant de reprendre sa respiration et de refouler sa douleur.

De toute évidence, la méchanceté de Marco n'était pas près d'être endiguée, quelle que soit l'attitude de Sierra. Il avait arrêté son jugement sur elle des années plus tôt, et aucune de ses réponses ne pourrait l'altérer. Ce qui, d'ailleurs, n'avait aucune importance, puisque, à compter du lendemain, elle ne le verrait plus jamais.

— Eh bien, d'après moi, ça avait l'air facile, insista-t-il.

— Bon. Et en quoi revenir sur tout cela peut-il nous faire du bien, dans ce cas ? Que veux-tu de moi, Marco ?

5.

Ce qu'il voulait d'elle ? Pour quelle raison il s'entêtait à lui soutirer des réponses qu'elle rechignait à lui donner ?… Marco n'en était pas sûr.

Sept ans avaient passé. A l'époque, elle avait dix-neuf ans et, à la veille d'un tournant majeur dans son existence, une frayeur l'avait saisie au point de la faire reculer… Quelle importance ? A en juger par la façon dont elle les avait traités, lui et les Rocci, il devait s'estimer heureux d'avoir échappé à une condamnation à vie auprès d'une femme aussi insensible. Depuis, il avait tracé son chemin, la page semblait tournée…

Sauf qu'au moment où il l'avait vue entrer dans l'étude du notaire, tous ses souvenirs étaient remontés à la surface. Il s'était rappelé le goût de sa peau, le plaisir qu'il avait eu à être auprès d'elle, à chacune de leurs rencontres ; il avait retrouvé son sourire timide, l'éclat si particulier de ses yeux bleu-gris quand elle riait… Il s'était représenté la vie qu'ils auraient pu mener ensemble.

La page n'était pas tournée *du tout*, et c'était ce qui le mettait hors de lui.

Posant les mains à plat sur le comptoir de la cuisine, il déclara froidement :

— Je n'attends rien de toi. Simplement, le fait de te revoir a soulevé quelques questions…

Il versa les tomates dans une poêle avant de planter son regard dans le sien.

— Et je veux des réponses. Celles que tu m'as déniées pendant tout ce temps.

— Bon. C'est compréhensible, acquiesça-t-elle d'un ton tranquille.

— Tu… Quoi ? *Mais alors pourquoi ?…*

Seigneur, elle le rendait fou ! Non, il ne mendierait plus d'explications. Furieux, il se força à serrer les dents en se concentrant sur le repas. A mesure que sa colère retombait, une grande tristesse montait en lui, aussi incompréhensible qu'inacceptable. Dieu lui en était témoin : Sierra était de l'histoire ancienne, elle ne pouvait plus l'atteindre. D'ailleurs, il ne l'avait jamais aimée. Désirée, oui. C'était tout.

Il laissa errer son regard sur son T-shirt trop large. Ses tétons pointaient sous le coton, et une décharge de désir le traversa. Bon sang, il avait toujours envie d'elle.

Et elle ?

Soudain, il s'aperçut que c'était la seule énigme qu'il brûlait de résoudre. Faisant mine de chercher le sel, il se pencha et effleura sa poitrine de son bras. La réaction de la jeune femme ne se fit pas attendre : il l'entendit retenir son souffle. Puis elle recula vivement d'un pas. Quand il releva le regard sur elle, ses joues étaient devenues écarlates et ses yeux brillaient d'un éclat éloquent.

Bien. Il réprima un sourire à la pensée que le message était clair : elle aussi avait envie de lui. Il pourrait donc sans difficulté la séduire afin de savourer une petite revanche. Mais était-ce tout ce qu'il espérait de Sierra, quelques instants de plaisir ? Lui prouver qu'elle avait tiré un trait sur une attirance puissante ? Cela paraissait mesquin… En outre, cela en révélait tout autant sur lui que sur elle, mais la tentation était trop forte.

— Que feras-tu du domaine ? l'interrogea-t-elle. Tu comptes habiter cette maison, ou bien la vendre ?

— Je ne sais pas encore. Tu veux emporter un souvenir d'ici ? Ou du *palazzo* de Palerme ? Des objets de famille, des tableaux ?

Sans la moindre hésitation, elle fit un signe négatif de la tête, et sa détermination le déstabilisa une nouvelle fois.

— Tu en es sûre ? Et les photos de tes parents ? Il y en a une très belle de leur mariage, dans le vestibule du *palazzo*, poursuivit-il en guettant sa réaction.

— Non, je ne veux rien, assura-t-elle d'une voix ferme.

Dépité, il alla mettre la table.

Enfin, quand ils se furent servi des pâtes, Sierra reprit la parole.

— J'ai toujours aimé cet endroit. Je petit-déjeunais ici, quand j'étais petite. La cuisinière était une vieille harpie qui tenait à tout prix à ce que je m'installe dans la salle à manger, mais je ne supportais pas la galerie de portraits, tous ces regards sévères posés sur moi. Je préfère mille fois la simplicité de la cuisine.

Marco imagina l'enfant qu'elle avait été, assise à cette table, ses pieds se balançant dans le vide. Puis il songea que leur fille aurait pu être semblable, et il chassa ces pensées avec irritation.

— Tu peux avoir la villa, lâcha-t-il d'un ton bourru. Je ne m'en servirai jamais. Et c'était chez toi.

Elle lui retourna un regard stupéfait.

— Tu m'offres la villa ?

Il haussa les épaules.

— Pourquoi pas ? Je n'avais pas besoin de cet héritage privé. La seule chose qui m'intéressait, c'étaient les parts de ton père dans le groupe Rocci.

Car elles lui donnaient le contrôle de l'empire qu'il comptait édifier.

— Bien sûr, répliqua-t-elle, un sourire moqueur aux lèvres. C'était déjà pour cette raison que tu voulais m'épouser.

Il fronça les sourcils.

— Comment cela ?… C'est ce que tu crois ? Que je souhaitais ce mariage pour servir des intérêts égoïstes ?

— Peux-tu sincèrement prétendre le contraire, Marco ? Quel meilleur moyen de te frayer un chemin au sommet de l'entreprise Rocci que d'épouser la fille du patron ?

Sa voix était froide, mais il distingua une douleur dans son regard qui lui procura une intense satisfaction. Touchait-il enfin au but ? Avait-elle refusé de devenir sa femme *parce qu'elle s'était mis en tête qu'il se servait d'elle* ?

— Je ne peux pas nier qu'il y avait des avantages à t'épouser, déclara-t-il, mais…

Elle l'interrompit en éclatant de rire.

— Quel art de l'euphémisme ! Tu ne m'aurais même pas accordé un regard si mon nom n'avait pas été Rocci !

— On n'en saura jamais rien, puisque c'est ton père qui nous a présentés : j'ai toujours su que tu étais sa fille.

— Oh oui, et il a admirablement soigné sa petite mise en scène, tu ne trouves pas ? Il nous a présentés *uniquement* dans le but de nous marier.

Marco perçut l'amertume dans ses paroles, sans en comprendre la raison.

— Et alors ? objecta-t-il. Tu t'en doutais, non ?

Elle leva vers lui un regard neutre.

— En effet, oui.

— Qu'est-ce qui te gêne, dans ce cas ? Ton père ne se souciait que de ton bonheur. Dans la mesure où tout se passait bien entre toi et moi, il n'y avait rien d'étrange à ce qu'il encourage notre union, qui lui permettait d'assurer à la fois l'avenir de sa fille et celui de sa société.

— Ce qui est une façon de procéder purement médiévale…

— Non, pas médiévale. Sicilienne, plutôt. Ton père était un homme de traditions dans un pays vieux jeu, et il avait des idées conservatrices sur certains sujets… Crois-moi, je suis bien placé pour savoir de quoi je parle.

Dans le regard de la jeune femme, la curiosité succéda à l'amertume.

— Ah bon ? Qu'est-ce qui t'a rendu spécialiste en la matière ? s'étonna-t-elle.

Il regretta aussitôt son commentaire. Il n'avait aucune intention de raconter son enfance sordide et la perte de ses parents à Sierra. Il avait enterré ce passé, et refusait qu'elle le considère avec pitié.

Il esquiva donc sa question.

— Rien. Mais, dis-moi, si tu étais consciente que ton père encourageait notre union, pourquoi me le reproches-tu ?

— Je ne te le reproche pas, concéda-t-elle en haussant les épaules. Ecoute, si cela peut t'aider, sache que je suis sincèrement désolée que les choses se soient passées ainsi. Si j'avais été plus lucide, plus courageuse, je n'aurais pas permis que nous en arrivions aux fiançailles. Je n'aurais pas dû accepter ta demande en mariage.

Et c'était censé *l'aider* ? Marco sentit un mélange de pression et de rage l'embraser, lui comprimant les poumons, et eut beaucoup de difficulté à le réprimer. Il saurait dissimuler à Sierra la blessure qu'elle lui infligeait en ce moment. Ainsi, elle considérait leur relation tout entière comme une erreur ! Alors que lui avait eu sincèrement l'intention de passer le reste de sa vie avec elle…

— Mon désir de t'épouser n'avait pas pour but de faire avancer ma carrière, dit-il en recouvrant le contrôle de ses émotions.

Il refusait qu'elle le prenne pour un opportuniste aux dents rayant le parquet.

— Il est vrai que le fait que je ne ressemble pas à un

furoncle a dû te simplifier la tâche, se moqua-t-elle d'un ton sarcastique. Et puis, j'étais une cible facile, non ? Tu pouvais me satisfaire d'un geste : j'étais béate d'admiration devant toi.

— C'est comme ça que tu vois les choses ? demanda-t-il, désarçonné.

— C'est ainsi que ça s'est passé, affirma-t-elle.

Il y avait un fond de vrai dans ce discours, admit-il pour lui-même. Oui, il avait été séduit par sa beauté.

Mais elle était également très isolée. Or, à près de trente ans, il se trouvait dans la même situation. Personne ne l'avait jamais couvé d'un regard admiratif. Dans les rues sales de Palerme, il avait été un rat d'égout, un bâtard successivement abandonné par son père et sa mère, ballotté par une bonne douzaine de familles d'accueil avant sa fugue définitive, à seize ans.

Découvrir des étoiles dans les yeux d'une jeune fille aussi attendrissante, belle, irrésistible... Cela l'avait bouleversé. Soudain, il s'était senti quelqu'un d'autre, et il avait brûlé d'envie de ne jamais perdre ce petit miracle.

Et Sierra le dépeignait comme un vulgaire calculateur, dénigrant une relation qui, pour lui, avait été magique !

— Tu brosses seulement un coin du tableau, conclut-il.

— Oh ! je ne doute pas que tu aies éprouvé une sorte d'affection pour moi, concéda-t-elle. Je devais t'amuser... Mais tu aurais fini par te lasser de ce jeu, et je t'en aurais voulu. Comme je te l'ai dit, nous courions à la catastrophe.

Il ouvrit la bouche pour protester, lui décrire les espoirs qu'il nourrissait. Ils auraient pu se rapprocher, devenir complices. Pas amoureux, il était incapable d'éprouver de l'amour. Mais il avait cru qu'ils pouvaient bâtir un mariage heureux, qu'ils fonderaient une belle famille.

En fixant sa mine fermée, il changea d'avis. A quoi bon lui faire cet aveu pathétique maintenant ? Ils n'avaient pas d'avenir à partager. Il ne leur restait rien… sauf un désir physique réciproque, une attirance si forte qu'elle pouvait lui rendre un peu de pouvoir. Pourquoi reculer ? En conduisant Sierra dans son lit, il ne ferait rien de condamnable. A vingt-six ans, elle avait perdu son innocence virginale et, même si elle cherchait à s'en cacher, elle était attirée par lui.

— Tu as peut-être raison, observa-t-il. Quoi qu'il en soit, tu ne nous as pas laissé la possibilité de le vérifier, et c'est du passé, maintenant.

— Oui, répondit-elle, visiblement soulagée par ses paroles. Je suis contente que tu l'admettes.

— La gardienne doit venir faire le ménage demain, déclara-t-il en désignant la table d'un geste. Je vais aller me coucher.

— Moi aussi, dans ce cas. La journée a été longue, et je dois me lever tôt pour attraper mon vol dans la matinée.

— Très bien.

Elle hésita, esquissa un sourire maladroit et murmura :

— Bonne nuit.

— Je vais te montrer ta chambre, dit-il en l'invitant à le précéder dans l'escalier.

— C'est inutile, je…

— Oh ! Je t'assure que c'est utile, coupa-t-il, dissimulant à grand-peine un sourire carnassier.

Dans le grand lit de la chambre d'amis où Marco l'avait conduite quelques heures auparavant, Sierra fixait le plafond, incapable de trouver le sommeil. La pluie imposait toujours son crépitement monotone en frappant le toit, et le vent hurlait aux fenêtres. Elle était en proie à une étrange combinaison de peur et de désir qui augmentait sa nervosité à chaque instant.

Dans l'escalier, Marco lui avait pris la main. Elle avait réussi à ne pas faire un bond, mais elle ne pouvait oublier la décharge électrique qui l'avait traversée à ce contact ni la manière dont son corps s'était embrasé. Elle se répétait que c'était normal, naturel : Marco était un homme très séduisant, il lui avait déjà fait cet effet par le passé, le phénomène était presque mécanique… Mais elle détestait perdre ainsi le contrôle de son corps.

Exaspérée, elle se leva et posa ses pieds nus sur les tomettes froides. De la musique. En ce moment, elle avait besoin de musique. C'était ce qui lui offrait toujours réconfort et inspiration quand les choses n'allaient pas : chaque fois qu'elle jouait du violon, les petits soucis et les grandes injustices de la vie s'envolaient. Sauf qu'elle n'avait pas emporté son instrument ici : il était resté à Londres.

Soudain, elle se remémora l'immense piano du salon de musique, à l'extrémité de la villa. Il n'y avait aucune raison pour qu'il n'y soit plus.

Sans hésiter, elle quitta sa chambre et retourna au rez-de-chaussée. Préférant ne pas appuyer sur l'interrupteur du couloir, elle se laissa guider à l'aveuglette par sa mémoire et traversa la maison jusqu'à pénétrer dans la pièce qui donnait sur une jolie terrasse — à présent inondée par l'orage.

Après avoir fermé la porte derrière elle, elle s'autorisa à allumer une petite lampe sur une console, et le faible halo révéla la grande surface de laque poussiéreuse du piano à queue. D'un geste précautionneux, elle souleva le couvercle du clavier et enfonça une touche ; l'instrument était si désaccordé qu'elle fit la grimace.

Mais cela n'avait pas d'importance. Elle s'installa sur la vieille banquette et joua la fameuse sarabande de Debussy ; pianissimo, afin de ne pas risquer d'éveiller Marco. Bientôt, la musique l'emporta et vint l'habiter, faisant fuir son angoisse et ses regrets, déferlant sur son âme avec chaleur et intensité. Elle ferma les yeux, s'offrit à son interprétation.

— Je ne savais pas que tu jouais du piano.

A ces mots, elle s'interrompit net et ouvrit les paupières. Marco se tenait dans l'encadrement de la porte, simplement vêtu d'un bas de pyjama. Sa somptueuse poitrine était nue, et il la fixait d'un regard indéchiffrable.

— Je… Non, pas vraiment, murmura-t-elle en posant les mains sur ses genoux, profondément mal à l'aise.

Elle était hypnotisée par la vision de ses épaules rondes et solides, de ses pectoraux impeccablement dessinés, de son ventre plat, et de sa peau mate et halée. Il ressemblait à une publicité pour un grand parfum… Comme il gardait le regard rivé au sien, elle précisa :

— J'ai seulement pris quelques leçons. Le reste est venu naturellement.

— C'est d'autant plus impressionnant.

Il fit quelques pas vers elle, et ce fut comme si la pièce rétrécissait par le simple effet de sa présence. L'oxygène lui manqua ; ses poumons se bloquaient.

— J'ignorais même que tu aimais la musique, reprit-il. Et que tu la pratiquais.

— En fait, je joue du violon, avoua-t-elle, trop heureuse de se concentrer sur un sujet innocent. Je n'ai pas l'habitude d'en parler autour de moi, c'est quelque chose de… personnel.

Seigneur, il fallait qu'elle ait perdu la tête pour venir ici au milieu de la nuit. Pourtant, une part d'elle-même savait qu'elle l'avait fait afin que cette rencontre impromptue ait lieu. Pour le voir.

— Je suis navrée de t'avoir réveillé, soupira-t-elle. Je crois que je me suis laissé emporter.

— Pas du tout. C'était ravissant.

— Le piano est désaccordé, et…

— Cela n'y change rien.

Elle se relevait de son siège, mais le regard intense de son compagnon la déstabilisa, et elle resta immobile.

— En fait, murmura-t-il très bas, cette musique était presque aussi ravissante que toi. Sais-tu à quel point tu es belle, Sierra ? C'est une question que je me pose depuis longtemps. Tu m'as éblouie dès l'instant où je t'ai vue, dans le *palazzo* de ton père. Tu t'en souviens ? Tu étais dans l'entrée, tu portais une robe rose. En fait, c'était toi qui avais l'air d'une rose.

Elle le contempla, stupéfaite par ces aveux, par l'accent de sincérité dans sa voix.

— Oui, je m'en souviens, acquiesça-t-elle.

Elle l'avait aperçu depuis la fenêtre, quand il avait caressé le chat qui se lovait entre ses jambes. Un espoir fou était né dans son cœur, à cet instant précis. Il l'avait bouleversée, elle était tombée sous son charme.

— Et tu te rappelles quand je t'ai embrassée ? reprit-il.

Il s'approcha encore et posa le pouce sur sa lèvre, l'effleurant délicatement, comme pour faire resurgir ce qu'elle avait éprouvé. Un désir fou. Une crainte. Un délicieux sentiment de brûlure, un vertige exquis. Tout cela en même temps.

— Oui, fit-elle en déglutissant avec peine. Je me rappelle.

— Tu aimais mes baisers.

Ce n'était pas une question. Elle sentit un courant d'air caresser sa peau.

— Tu ne le nies pas ?

— Non.

Elle avait la gorge si sèche que le son de sa voix devenait inaudible à ses propres oreilles.

— Et je crois que tu les aimerais encore, dit-il doucement en se penchant sur elle.

Son cœur battait sur un rythme frénétique. Elle s… ce qui allait se passer et, alors qu'elle aurait dû f… était pétrifiée. Non, pas pétrifiée… Elle était plu… consentante : elle avait envie de ce baiser.

Mais elle savait aussi que c'était dangereux, et qu'elle ne pourrait y résister.

Ses lèvres se posèrent sur les siennes et les effleurèrent, une fois, puis deux. Malgré elle, elle laissa échapper un soupir impatient, et elle se redressa pour s'accrocher à ses épaules. Sa peau était douce, chaude et ferme sous ses doigts, et elle ne pouvait s'empêcher de caresser son cou, ses omoplates, savourant la dureté de ses muscles. Comment un homme aussi viril pouvait-il avoir une peau si fine ?

Il approfondit leur baiser, enroulant sa langue autour de la sienne avec une sensualité lascive. Bientôt, elle sentit ses mains puissantes errer sur sa taille, ses hanches, et remonter vers ses seins. A l'instant où il atteignit ses tétons érigés sous le coton du T-shirt, elle ne put réprimer un cri.

— Marco…

C'était un gémissement, mais aussi une supplique. Un feu se consumait en elle. Plus son baiser se faisait vorace, passionné, et plus elle savait qu'elle ne pourrait plus reculer. Elle avait follement envie de lui.

D'un geste autoritaire, il lui leva les bras pour la débarrasser de son T-shirt, et elle se retrouva entièrement nue devant lui. Elle n'avait pas pris la peine d'enfiler quoi que ce soit d'autre, pressée de trouver l'apaisement dans la musique.

Il la couvait d'un regard de mâle, brûlant, appréciateur. La flamme d'un désir ardent venait de s'allumer dans ses yeux sombres, d'un gris acier.

— Je te veux, déclara-t-il en se penchant sur elle.

Il prit son menton entre ses doigts et plongea son regard dans le sien.

— Dis-le, souffla-t-il. Dis que tu me veux aussi, Sierra.

— Je te veux, répondit-elle, vaincue.

Il l'attira contre lui, et ses seins s'écrasèrent sur son large torse. Ses hanches se plaquèrent contre son bassin. Tandis qu'une nouvelle bouffée de vertiges la gagnait, elle sentit la force de son érection sous son pantalon de pyjama. C'était électrisant. Le désir de Marco décuplait le sien. Elle se consumait, des frissons parcouraient toute la surface de son corps, et elle entendait les pulsations affolées de son cœur.

Quand il la repoussa délicatement sur la banquette du piano, elle se laissa faire. Cet abandon était extraordinairement enivrant. Jamais elle n'aurait pensé qu'un homme pouvait lui transmettre des sensations d'une telle force. Et elle étouffa un cri lorsqu'il se pencha sur ses seins pour les happer de ses lèvres brûlantes et humides. Le plaisir la secoua, elle ferma les yeux. Ses caresses étaient si exquises qu'elles en devenaient une torture : elle en voulait encore, il ne fallait pas qu'il s'arrête… Jamais. Chavirée par le flux inouï de sensations qui jaillissait en elle, elle se cambra lorsque sa main se glissa à l'intérieur de ses cuisses. Entièrement offerte, elle laissa échapper un cri d'extase quand il posa la bouche sur son clitoris trempé. La drogue qui courait dans ses veines était une sorte de plaisir sauvage et inconnu. Les gestes de Marco répondaient parfaitement à chaque appel de sa chair. De ses doigts experts, de sa langue agile, de sa bouche ferme et chaude, il la couvrait de caresses à la fois exquises et insoutenables. Chavirée, elle glissait ses mains fiévreuses dans les cheveux noirs et soyeux de son compagnon. Chaque seconde, elle savait que son cœur menaçait de rompre, mais cela lui était égal. Le plaisir montait en elle, de plus en plus puissant, elle dérivait au gré d'un torrent furieux, et elle sentit bientôt un tsunami de sensations déferler sur elle.

L'écho de sa voix se fracassa sur les murs de la villa vide alors que la jouissance la submergeait.

Elle s'agrippa à la banquette pour se redresser, encore sous le choc de son orgasme. Son cœur battait à tout rompre, elle était en sueur, et des frissons froids fusaient sur sa peau en feu.

Jamais elle n'aurait cru possible d'éprouver un tel maelström de sensations entre les bras d'un homme… Comme elle relevait un regard admiratif vers Marco, elle cessa de respirer.

Les yeux luisants de fierté, un sourire railleur aux lèvres, il la considérait d'un air triomphant, narquois. En une seconde, elle sentit refouler l'extraordinaire vague de bien-être qui l'avait enveloppée, et un arrière-goût d'amertume remonta dans sa gorge.

Tremblante, les joues écarlates, elle croisa précipitamment les cuisses, ramassa son T-shirt et se rhabilla.

Après avoir rencontré un bonheur d'une pureté surnaturelle, il fallait qu'elle finisse blessée et honteuse. Comme toujours.

— Au moins, maintenant, tu as un aperçu de ce que tu as manqué, dit-il avec dédain.

— Et toi, tu as démontré ce que tu étais venu démontrer. Mes félicitations, conclut-elle en tournant les talons.

Après une nuit où chaque minute avait paru un siècle, l'aube naquit enfin. Marco se sentait fourbu, comme assommé par sa bêtise et sa cruauté, mais, en se levant, il fut soulagé de constater qu'il ne pleuvait plus.

Devant la fenêtre de sa chambre, il balaya du regard le grand parc de la propriété. Il se rappelait les vastes pelouses amoureusement tondues, les bosquets de lilas et de chèvrefeuille, les rosiers grimpants sur le vieux mur d'enceinte.

Aujourd'hui, tout était à l'abandon. Il ne s'était jamais préoccupé de l'entretien de cette villa, depuis qu'Arturo était tombé malade. Il allait recruter un jardinier avant de mettre le domaine en vente, puisque Sierra n'en voulait pas. Pour sa part, plus question de revenir ici.

En parvenant dans la cuisine, il s'aperçut que la jeune femme était déjà levée. Elle avait revêtu ses habits de la veille, froissés mais secs. Sa longue chevelure de miel cendré était à nouveau dissimulée dans un chignon sévère, comme pour mieux lui signifier qu'elle portait son armure au cas où il lui prendrait l'envie de lancer une nouvelle attaque.

Dès qu'il eut avalé une tasse de café, il déclara :

— Nous devrions partir dès maintenant, si ton avion décolle en fin de matinée.

— *Nous ?* répéta-t-elle, sur la défensive, en lui décochant un regard soupçonneux. J'ai ma voiture, merci.

— C'est une berline de ville, je ne pense pas que tes pneus résistent à l'état de la route après une telle averse. Je vais te conduire.

— Mais je dois rendre cette voiture à l'agence de location…

— J'enverrai quelqu'un la prendre aujourd'hui, ne t'inquiète pas. Ce n'est pas un problème.

Une expression de panique passa sur le visage de la jeune femme.

— C'est ce qu'il y a de mieux à faire, Sierra, assura-t-il. Ma proposition n'est pas guidée par autre chose que le bon sens et la prudence. Et je te promets que ce qui s'est passé cette nuit ne risque pas de se répéter. Je ne te toucherai plus jamais.

Il comprit que ces paroles résonnaient de façon brutale, alors qu'il avait juste voulu la rassurer.

— Fort bien, rétorqua-t-elle d'un ton acide. Parce que

je n'ai pas non plus l'intention de te permettre de poser ne serait-ce qu'une fois la main sur moi.

Il déglutit avec difficulté, ramassa ses clés sur le comptoir et répondit le plus doucement possible :

— Bon. Maintenant que nous sommes d'accord, on peut y aller ?

Sierra ne prit pas la peine de regarder en arrière quand Marco sortit de la voiture pour fermer les grilles de la villa. Elle fut satisfaite de découvrir la route de montagne devant eux et, durant un long moment, ils firent le trajet en silence. Enfin, Marco se tourna vers elle.

— Tu es contente de partir ?

— Contente, je ne sais pas. Soulagée. Ce n'est pas toujours facile de se confronter à ses souvenirs.

Il pouvait difficilement lui donner tort, songea-t-il. Sa propre mémoire était remplie de souvenirs pénibles, à commencer par le moment où son père avait décidé de disparaître de sa vie. Il y avait également l'image de l'orphelinat du monastère, quand sa mère s'était résolue à l'abandonner, puis celle des innombrables familles d'accueil où il était passé, et enfin celle d'une église où il avait attendu sa fiancée en vain, avant de comprendre qu'elle aussi, finalement, avait préféré lui tourner le dos.

En ce moment, Sierra détournait encore le visage, fixant la route par la vitre de son siège, comme pour lui signifier qu'il n'existait plus à ses yeux. Eh bien, il apprendrait à faire de même.

Il avait cru remettre le compteur à zéro, cette nuit. Rétablir l'équilibre. En un sens, il avait réussi : plus rien ne les liait l'un à l'autre.

Marco serra la mâchoire et accéléra un peu. Il avait hâte d'arriver à Palerme.

6.

— Tu as besoin de Sierra Rocci.

Marco s'enfonça dans son fauteuil et regarda par la grande baie vitrée de sa salle de conférences dans l'espoir que la vision en contrebas de la circulation du centre-ville de Palerme l'aide à accueillir cette sentence avec flegme.

— Non, refusa-t-il. J'ai été le bras droit d'Arturo Rocci pendant près de dix ans. Je n'ai pas besoin d'elle.

Paolo Conti, son plus proche collaborateur, mais aussi son confident, soupira.

— Marco, j'ai bien peur que si. Le conseil d'administration risque de se montrer hostile et sur ses gardes, en l'absence d'un Rocci à la tête du groupe. Du moins dans un premier temps. Et avec l'ouverture de l'hôtel de New York dans quelques semaines…

— Où est le problème ? lança Marco avec impatience. Tout se passe comme prévu.

Il s'apprêtait enfin à poser la première pierre à l'édifice de son ambition pour le groupe : implanter la chaîne des palaces Rocci en Amérique du Nord. C'était son idée, et il avait consacré des années à la mettre sur pied. Ce qui signifiait aussi que le baptême du feu, à Manhattan, devait être une réussite absolue, car sa crédibilité auprès des actionnaires était en jeu.

— Oui, admit Paolo, mais au cours des soixante-dix

ans d'existence du groupe, il y a toujours eu un Rocci à la tête du conseil.

— Les temps changent, dit Marco en haussant les épaules.

— Certes, rétorqua son compagnon, une note d'irritation dans la voix. Pourtant, que tu le veuilles ou non, à chaque inauguration d'un nouvel hôtel depuis soixante-dix ans, un Rocci était présent. Palerme, Rome, Paris, Londres, Berlin… C'est une règle d'or, personne n'y a dérogé.

— Je sais, maugréa-t-il.

Il avait lui-même assisté aux galas d'ouverture de tous ces établissements. A seize ans, il avait commencé à travailler pour les Rocci en tant que garçon d'étage, à l'hôtel de Palerme. Il avait même aperçu la petite Sierra, donnant la main à ses parents, sur le marbre rose de la salle de restaurant où se déroulaient les discours d'inauguration. Déjà, à l'époque, elle savait parfaitement jouer son rôle. Et il avait admiré, voire jalousé, cette famille idéale.

— C'est ainsi, conclut-il. Le conseil doit accepter que tout change, dans la vie. Arturo m'a cédé ses parts, et ils devront s'y habituer, comme le public.

Cela faisait un mois qu'il avait déposé Sierra à l'aéroport de Palerme. La jeune femme était partie sans se retourner.

Il ne lui en voulait plus… A vrai dire, il ne savait plus ce qu'il ressentait pour elle, mais des émotions confuses le tourmentaient encore, et il n'aimait pas ça.

— Ce n'est pas si simple, Marco, insista Paolo, qui travaillait pour le groupe depuis plus de trente ans. Si le conseil estime que le nom de Rocci et ce qu'il représente en termes de traditions ne sont plus là, il peut mettre son veto à ta motion de confiance.

A ces mots, Marco se tendit.

— Mais il y a plus de dix ans que je dirige cette société ! Et j'ai le capital majoritaire.

— Cela n'empêchera pas le conseil de censurer tes décisions et de te bloquer dans ton ambition de conquérir l'Amérique. Les membres veulent te voir apparaître en public et te comporter comme un P-DG.

— Très bien. J'assisterai plus souvent à des événements importants.

— Avec une Rocci, ajouta Paolo. Et je dis « une », car, comme tu le sais, il ne reste que Sierra.

Le frère unique d'Arturo, célibataire, avait péri dans un accident de voiture une bonne douzaine d'années auparavant. Et leurs parents bien avant lui.

— Nous avons *besoin* d'une transition en douceur, poursuivit Paolo. Pour le conseil, mais aussi vis-à-vis du public. Tu n'as pas pu le faire avec Arturo, qui était trop malade pour expliquer lui-même qu'il te considérait comme un fils et montrer qu'il te confiait les rênes de la société. C'est malheureux, mais c'est ainsi : le message officiel nous manque et il nous le faut.

Marco se leva de son fauteuil et fit quelques pas dans la salle. Bon sang, il avait voué sa vie entière à ce groupe. Il se rappelait comme si c'était hier la bouffée de pur bonheur qu'il avait ressentie quand Arturo lui avait confié un travail de cadre débutant, après son expérience de garçon d'étage. Le vieil homme avait deviné qu'il y avait du potentiel en lui, et avait tout fait pour l'aider à déployer ses ailes. Hélas, Paolo avait raison quand il affirmait que les membres du conseil d'administration avaient des œillères et une vision très patriarcale de l'entreprise.

Il poussa un profond soupir. Le discours de son ami était frappé au coin du bon sens. Seule une transition conforme aux us et coutumes lui offrirait la marge de manœuvre dont il avait besoin pour édifier son empire international. Cela impliquait en effet des apparitions régulières dans les médias, et… la présence de Sierra.

Malheureusement, étant donné la façon dont ils s'étaient séparés, il ne voyait guère comment convaincre la jeune femme de lui venir en aide. D'autant plus que s'il n'éprouvait plus d'animosité à son égard, elle devait, de son côté, avoir conservé un souvenir cuisant de la vengeance mesquine qu'il lui avait fait subir durant leur nuit passée à la villa.

Portant les mains à ses tempes, il s'efforça de juguler une migraine naissante.

Il ne voulait pas avoir besoin de Sierra. L'appeler à l'aide était humiliant et il n'avait aucune intention de mendier ses faveurs. Mais, en même temps, le groupe Rocci était tout pour lui. Comment courir si bêtement le risque de s'aliéner la confiance du conseil ?

— Alors ? interrogea Paolo. Tu crois que Sierra pourrait accepter ? Je suis conscient que vous avez une histoire chargée, elle et toi…

— Je la convaincrai, déclara-t-il d'un ton ferme.

Par quel moyen, il n'en avait aucune idée. Elle l'avait accusé de ne songer qu'à sa carrière, de vouloir l'épouser uniquement dans le but de gravir les échelons au sein de l'entreprise… Bien sûr, elle se trompait, mais ce n'était pas en la priant de le seconder qu'il lui ferait changer d'avis !

— Ne t'inquiète pas, conclut-il en regardant Paolo droit dans les yeux. Je sais comment la gérer.

— Recommence, Chloé.

Sierra se leva de sa chaise tandis que son élève reprenait « Brille, brille, petite étoile » pour la troisième fois. Quand les fausses notes s'élevèrent, elle resta stoïque. Elle adorait son métier de professeur de musique pour plusieurs clubs d'activités extrascolaires, mais il fallait accepter de souffrir un peu des oreilles.

Son esprit se mit à vagabonder, comme cela arrivait

souvent depuis un mois, vers la Sicile et Marco Ferranti. Le fait qu'il occupe ainsi ses pensées l'exaspérait, mais elle ne parvenait pas à chasser de sa mémoire le terrible interlude dans le salon de musique de la villa. Elle était hantée par un pénible mélange de honte et de désir qui s'imprimait sur ses rêves, la nuit.

Il y avait tant de choses qu'elle ne comprenait pas au sujet de Marco… Il semblait pétri de contradictions : son ressentiment quant à sa fuite, sept ans plus tôt ; puis de soudains accès de générosité, voire de tendresse ; une certaine bienveillance, et une indéfectible colère. Qui était-il vraiment ? Jouait-il la comédie ? Et pourquoi diable ne parvenait-elle pas à le chasser de son esprit ?

— Mademoiselle Rocci ?

Sierra reporta son attention sur la fillette.

— Oui, Chloé ?

— J'ai fini.

— Ah, oui bien sûr… Bravo, c'était beaucoup mieux. Et maintenant que tu maîtrises « Brille, brille, petite étoile », je pense que ce serait une bonne idée d'essayer un nouveau morceau.

Une heure plus tard, Sierra rangeait ses affaires et quittait l'école pour rentrer chez elle. Après des années d'efforts, elle avait réussi à se faire une place au sein d'un nombre imposant de clubs de musique dans toute la ville et, en résultat, pouvait se vanter de ne pas manquer de travail.

Bien sûr, au début, tout n'avait pas été rose. En arrivant de Sicile, elle était parvenue à localiser l'amie de sa mère, Mary Bertram, qui avait pourtant déménagé. Grâce à Internet, que Sierra avait découvert pour l'occasion, elle avait récupéré sa nouvelle adresse. Mary lui avait offert l'hospitalité… et toute son affection. C'était également elle qui l'avait aidée à décrocher son premier travail. Elle était morte trois ans plus tôt, et Sierra avait eu l'impression de perdre une seconde mère.

Elle se dirigea vers la station de métro, savourant cette fin de journée chaude et ensoleillée. C'était l'heure de pointe ; les gens se hâtaient devant les maisons et les bureaux. Certains rentraient chez eux, d'autres partaient se détendre dans un pub.

Sierra considéra ceux-là avec envie. Ils retrouvaient des amis pour s'amuser, se raconter des anecdotes de leur vie, peut-être même échanger des confidences… Alors qu'elle avait toujours été incapable de se lier facilement. Son quotidien isolé d'enfant unique coupée du monde, privée de camarades de jeu, et le fait que son père l'ait habituée à vivre dans la peur l'avaient rendue farouche et excessivement timide. La solitude était devenue une seconde nature. Bien sûr, elle avait des relations amicales avec quelques professeurs dans les écoles où elle travaillait, mais depuis sept ans qu'elle habitait Londres, elle n'avait noué de liens étroits avec personne ; elle n'avait eu aucun amant, pas même un petit ami. Tout juste était-elle sortie de temps à autre avec un homme, et chaque fois, cela n'avait mené nulle part.

— Bonjour, Sierra.

La voix la figea sur place, au beau milieu du trottoir, et elle cligna plusieurs fois des yeux de stupeur. Rêvait-elle ? Marco Ferranti se trouvait juste devant elle, impressionnant de charisme et d'élégance, dans un costume taillé sur mesure. Il avait aux lèvres le sourire charmeur qui l'avait séduite sept ans auparavant.

— Mais… Qu'est-ce que tu fais ici ? balbutia-t-elle d'une voix blanche.

— Je te cherchais.

Malgré elle, un frisson d'excitation la parcourut. Il était venu à Londres juste pour elle ?

En une fraction de seconde, elle chassa avec rage cette réaction stupide et songea une fois de plus qu'elle ignorait beaucoup trop de choses à son sujet.

— Je ne vois vraiment pas de quoi nous pourrions discuter, Marco, dit-elle après un silence.

— Tu me permets quand même de t'emmener quelque part pour que nous parlions tranquillement ? demanda-t-il d'une voix caressante. J'ai repéré un lieu très agréable, juste à côté.

Elle hésita, mais sa curiosité fut la plus forte, et elle hocha la tête avec méfiance.

Un instant plus tard, ils poussaient la porte d'un bar à vins aux sièges de velours grenat et aux tables en ébène. Ils s'assirent, le garçon vint aussitôt vers eux et, en une minute, ils se retrouvèrent à déguster un excellent vin rouge dans des verres en cristal.

— Quel service, déclara-t-elle avec admiration.

— En tant que Rocci, tu devrais pourtant y être habituée, répondit-il.

— Plus depuis un moment, avoua-t-elle en souriant.

Le luxe ne lui manquait guère, même si, depuis sept ans, elle vivait plus que chichement. Elle louait un minuscule studio dans le quartier de Clapham, et tout ce qu'elle achetait était d'occasion. L'époque du grand train de vie et des privilèges associés aux Rocci était révolue.

— J'ignorais que tu enseignais la musique, dit-il.

Ainsi, il avait fait des recherches… Elle reprit une gorgée de vin.

— Je donne des cours à des enfants en cadre extrascolaire, expliqua-t-elle.

— Mais tu joues du violon et du piano, toi-même, ajouta-t-il.

— Seulement pour moi, dit-elle en sentant ses joues s'enflammer.

Comme elle, il se rappelait forcément leur nuit dans la villa.

— J'aimerais beaucoup t'entendre jouer du violon, reprit-il en la couvant d'un regard si intense qu'elle en eut la chair de poule, avant de poursuivre, d'un ton sensuel : Que tu joues pour moi.

Sierra sentit ses paumes devenir moites.

— Pourquoi te comportes-tu ainsi, Marco ?

— Comment cela ? interrogea-t-il d'un air innocent.

— Comme… comme un amant, balbutia-t-elle. La dernière fois que je t'ai vu, tu semblais presque aussi pressé de te débarrasser de moi que de te venger.

Il hocha la tête et soupira.

— Je regrette de m'être comporté ainsi, déclara-t-il en plongeant son regard dans le sien. Je voulais à tout prix nous prouver, à toi comme à moi, que tu me désirais. C'était mesquin et j'en suis désolé.

Un sourire se dessina sur ses lèvres, et il précisa :

— Même si je crois que tu y as pris un peu de plaisir.

Sans doute essayait-il de détendre l'atmosphère… Mais elle rougit de plus belle.

— Merci, dit-elle. Pour tes excuses. Mais je ne sais toujours pas ce que tu fais ici.

— Eh bien… J'ai beaucoup pensé à toi, Sierra, depuis ton départ. Et je suis parvenu à la conclusion qu'il serait injuste que tu n'aies pas ta part du legs de ton père.

Surprise par ces paroles, elle écarquilla les yeux avant de secouer lentement la tête.

— Marco… Son héritage ne m'intéresse pas, souffla-t-elle.

— Tu as tort. Tu as des droits sur ce qui te revient par ta naissance, Sierra.

— Mais j'ai abandonné mes parents, il était normal que je sois déshéritée et je ne revendique absolument…

— Je voudrais que tu aies des parts dans le groupe Rocci, l'interrompit-il.

Désarçonnée, elle se renfonça dans son fauteuil et le dévisagea avec attention. Depuis qu'il avait abordé ce sujet, elle s'attendait à ce qu'il lui propose une nouvelle fois de récupérer la villa, ou quelques effets personnels… Mais l'entreprise familiale ?

— Je n'ai jamais été partie prenante dans le groupe Rocci, assena-t-elle.

Depuis qu'elle était toute petite, son père lui avait répété que les femmes n'avaient pas leur place dans le monde de la finance. D'ailleurs, c'était également lui qui l'avait forcée à interrompre ses études à l'âge de seize ans : selon lui, elle n'avait pas besoin d'en savoir davantage.

— Un nouvel hôtel Rocci va ouvrir à New York, reprit Marco, comme s'il n'avait pas entendu ses derniers mots. Ce sera notre palace le plus luxueux, et je crois que tu devrais venir. Tu mérites d'assister à ce baptême.

Incrédule, elle répéta :

— A New York ?

— Pourquoi pas ? Tu as présidé aux cérémonies d'ouverture de quatre hôtels avant tes dix-neuf ans, lui rappela-t-il. Le public aime que ce soit un Rocci qui coupe le ruban. Cet honneur te revient.

— Mais… Je n'ai jamais rien eu à voir avec les hôtels, aucun d'entre eux.

Le seul souvenir de ces galas lui donnait la nausée. Jouer la comédie de la gentille petite famille heureuse et unie… Combien de fois avait-elle dû minauder devant des foules d'inconnus persuadés qu'elle vivait un conte de fées auprès d'un papa merveilleux ? Combien de fois avait-elle vu sa mère sourire à des journalistes et à des hommes d'affaires, dans une robe à manches longues dissimulant ses ecchymoses ? Il était impensable qu'elle s'inflige ce calvaire de son propre gré.

— Je te remercie d'y avoir songé, dit-elle avec politesse, mais je n'ai pas besoin d'assister à cette ouverture. Et je n'en ai aucune envie.

Marco fronçait les sourcils, et elle se demanda si sa voix avait trahi son malaise.

— Pourquoi ? s'enquit-il.

Elle reprit une gorgée de vin. Il lui paraissait toujours difficile de révéler la vérité à Marco. D'abord parce qu'il refuserait probablement de la croire, ensuite parce qu'elle ne voulait pas de sa pitié. Elle trouvait déjà bien assez humiliant de devoir admettre qu'elle avait permis si longtemps à quelqu'un de la frapper et de la rabaisser de la sorte. Que ferait-elle, si Marco l'accusait de mentir ou d'exagérer ? Pire encore, il pouvait la croire et décider que son père avait eu raison de se comporter ainsi. Comme il était impossible de deviner jusqu'où irait sa dévotion envers Arturo Rocci, elle préférait garder le silence.

— Sierra ?

Il posa une main sur la sienne, et elle ne put réprimer un tressaillement. Il fallait qu'elle reprenne le contrôle.

— Comme je te l'ai dit, Marco, le passé est le passé. Je ne veux pas tenir le moindre rôle dans le groupe Rocci. J'y ai renoncé il y a bien longtemps, en quittant la Sicile, et je m'en porte très bien.

Elle se contraignit à sourire et ajouta :

— Mais je te remercie d'avoir pensé à moi.

Marco ne s'était pas préparé à un refus aussi franc. Ce n'était pas lui qu'elle repoussait, mais la société Rocci elle-même. Retirant sa main, il déclara d'un ton froid :

— Tu n'as pas l'air de te soucier beaucoup du sort de

cette entreprise. Pourtant, à une époque, ta famille était très soudée, lors des galas d'ouverture.

Une sorte de grimace ironique s'imprima sur les traits de Sierra.

— Quoi qu'il en soit, je ne ressens rien pour le groupe Rocci.

— Mais tu participais aux cérémonies de…

— Pour la parade, oui, coupa-t-elle, le visage durci par une expression fermée.

— La *parade* ? répéta-t-il, désarçonné. J'ai pourtant eu la nette impression que c'était bien réel…

— C'était le but.

— Mais qu'est-ce que tu racontes ? Je sais que tes parents t'aimaient énormément, Sierra. J'étais aux premières loges pour juger leur réaction, à ton départ. Ils étaient au désespoir, l'un comme l'autre. Ton père ne pouvait pas parler de toi sans avoir les larmes aux yeux. Et tu ne leur as même pas écrit un mot pour leur faire savoir que tu allais bien.

Voyant Sierra pincer les lèvres, il comprit qu'il avait versé du côté de l'accusation.

— Tu crois sincèrement que mon père n'aurait pas pu me localiser, s'il l'avait voulu ? répliqua-t-elle.

— Bien sûr que si, c'était un homme puissant.

— Alors, à ton avis, pourquoi ne l'a-t-il pas fait ?

Le ton de la jeune femme l'incita à marcher sur des œufs.

— Sierra, dit-il avec douceur, ton père ne m'aveuglait pas. Je sais que c'était quelqu'un d'orgueilleux, et qu'il pouvait se montrer rude, mais il était juste. Et c'était quelqu'un de bon.

Tel un sphinx, la jeune femme resta impassible. Elle l'écoutait, soutenait son regard et conservait un air glacial.

— Tu l'as profondément blessé en partant, poursuivit-il. Même s'il ne l'a jamais admis.

D'un geste agacé, elle balaya ce sujet et demanda :

— Pourquoi me proposes-tu d'aller à New York, Marco ? Quelle est la vraie raison ?

Il ignora la gêne qui le gagnait et fit mine de ne pas comprendre.

— Qu'est-ce que tu veux dire ?

— Je veux dire que tu ne me dis pas toute la vérité, rétorqua-t-elle avec franchise. Comme toujours, d'ailleurs. Ce n'est pas le geste d'un gentleman, n'est-ce pas, Marco ? Ni une impulsion soudaine sortie de ton grand cœur ?

Elle serra les poings.

— Dire que j'ai failli marcher ! J'étais sur le point de te croire, comme si j'étais redevenue aussi stupide qu'avant.

— Pardon ?

— Oui, je te faisais confiance, il y a sept ans, et je…

— Tu ne vas tout de même pas oser soutenir que c'est *moi* qui ai trahi ta confiance ! tonna-t-il en lui décochant un regard assassin.

A ces mots, elle se leva.

— Et tu prétends ne plus être en colère contre moi ? Que fais-tu ici ? Et moi, qu'est-ce que je fabrique avec toi, dans ce bar ?

Elle se pencha pour planter ses yeux d'un bleu glacier dans les siens.

— Vas-tu enfin me révéler ce que tu attends de moi ?

Cette fois, il était au pied du mur. Et même s'il détestait ça, il savait avoir tout intérêt à changer de tactique s'il voulait avoir gain de cause. A contrecœur, il concéda :

— Très bien. Je l'admets. Ta présence au gala d'ouverture de New York me rendrait aussi un fier service. Le public tient à ce que ce soit une Rocci qui coupe ce satané ruban.

Etrangement, son aveu eut pour effet d'apaiser un peu la jeune femme : elle se rassit et observa un bref silence.

— Donc, souffla-t-elle, tu avais décidé de faire comme

si tu voulais te montrer généreux, gentil. Alors qu'en réalité, tu n'es venu à Londres que dans ton intérêt.

— Dans l'intérêt du groupe Rocci, objecta-t-il. Que tu ne souhaites pas t'investir dans cette entreprise, c'est une chose, mais tu n'as tout de même pas envie de la voir couler ? Elle a soixante-dix ans d'histoire derrière elle, Sierra. Et elle représente toute ma vie.

— Je me fiche de ce qu'elle peut devenir. Qu'elle soit florissante ou en faillite.

— Tu te moques de ce qui a fait la fortune de ta famille ? insista-t-il, ébahi par tant d'indifférence.

— Il ne me reste pas d'autre famille que moi-même, répliqua-t-elle. Cesse de chercher à me faire culpabiliser.

Bon sang, il s'enferrait… Comment la faire changer d'avis ?

— En effet, reconnut-il, tu es la dernière Rocci. C'est la raison pour laquelle les gens veulent te voir.

Il hésita une seconde, et finit par avouer :

— Ainsi que le conseil d'administration.

— Ah…

Un sourire moqueur se dessina sur les lèvres pulpeuses de la jeune femme.

— Voici le fin mot de l'histoire, ironisa-t-elle. Ton poste est en jeu.

— Je détiens la majorité du capital, protesta-t-il.

— Peut-être, mais si tu perds la confiance du conseil et celle du public… Tu seras dans une sale posture.

La fureur remonta en lui. Comment osait-elle lui parler avec ce ton suffisant ? Pourquoi vouait-elle tant de ressentiment à cette entreprise ? Voulait-elle prendre une revanche ? A cause de l'orgasme qu'il lui avait donné dans la villa ? Il n'eut pas le temps de s'interroger davantage qu'elle se levait déjà.

— Je m'en vais, annonça-t-elle en passant son sac sur son épaule. Merci pour le verre.

Ignorant les battements redoublés de son cœur, Sierra rentrait chez elle, ne sachant si elle devait se réjouir d'avoir démasqué Marco et ses intentions dissimulées ou s'en désespérer.

Elle avait déjà parcouru plus de deux cents mètres depuis le bar quand la voix de Marco s'éleva derrière elle.

— Je le reconnais, Sierra. J'ai besoin de toi.

Elle leva les yeux au ciel avant de se retourner pour lui lancer un regard suppliant.

— Marco…

— J'ai consacré ma vie entière au groupe Rocci, la coupa-t-il d'une voix grave et vibrante d'émotion. C'est tout ce que j'ai. J'y suis entré à seize ans, comme garçon d'étage.

— Garçon d'étage ?

C'était inattendu. Elle était toujours partie du principe que Marco avait fait ses débuts auprès de son père dans les meilleures conditions, en tant que cadre supérieur. Ce qui lui fit soudain comprendre qu'elle ne l'avait jamais interrogé à ce sujet ; elle ignorait tout de ses origines, de sa famille. Douloureux rappel du fait qu'ils étaient quasiment des étrangers l'un pour l'autre.

— Arturo a considéré qu'il y avait quelque chose de prometteur en moi, et il m'a fait monter en grade. En échange, j'ai tout donné de moi. Tout.

— Je n'en doute pas.

Elle comprenait à présent pourquoi son père avait doublement porté son choix sur lui, à la fois comme bras droit et comme gendre : il avait voulu mettre le pied à l'étrier de quelqu'un qui lui vouerait une reconnaissance éternelle.

— Cette société est ma famille, ma vie… Si je la perds…

Stupéfaite, elle entendit la voix de son compagnon se briser. La peur se lisait sur son visage, ainsi qu'une profonde sincérité.

— Je ne peux pas supporter cette pensée, avoua-t-il. Alors, c'est vrai, j'ai essayé de te manipuler. Je te demande pardon de ne pas m'être montré honnête envers toi, Sierra, mais mon existence est entre tes mains, même si ce n'est pas ce que tu souhaitais. Je sais que tu n'as aucune sympathie pour moi et, vu le comportement que j'ai eu ces derniers temps avec toi, je l'ai sans doute mérité. Mais tout ce qu'il me reste désormais, la seule chose que je puisse faire, c'est m'en remettre à toi.

Tout espoir avait disparu de son regard quand il ajouta :

— Je n'aurais jamais cru me retrouver dans cette position, elle n'a rien de très confortable, mais c'est ainsi.

Sierra garda le silence un long moment. Enfin, elle ouvrit la bouche.

— Je viendrai à New York, dit-elle. Et je serai présente au gala.

Une vague de soulagement parut libérer Marco d'un poids terrible. Son visage s'éclaira.

— Merci, répondit-il d'une voix encore altérée par le choc.

— Quand cet événement doit-il avoir lieu ?

— Dans deux semaines.

— Bien. Envoie-moi tous les détails par courrier, lâcha-t-elle en retenant les sanglots qui l'étranglaient.

Puis, sans demander son reste, elle disparut.

7.

Par la fenêtre de son appartement, Sierra vit une longue limousine noire s'arrêter au bas de l'immeuble et haussa des sourcils étonnés. Certes, Marco l'avait prévenue qu'il lui enverrait une voiture, mais elle ne s'était pas attendue à ce qu'il s'agisse d'un véhicule de luxe…

Néanmoins, elle étouffa une exclamation de surprise quand elle le vit émerger de l'habitacle, plus sexy que jamais dans un costume bleu marine impeccablement coupé. Elle pensait qu'ils se retrouveraient à l'aéroport.

Nerveuse, elle lissa la robe de molleton gris clair toute simple qu'elle avait choisi de porter pour le voyage, un vêtement confortable et qui ne risquait pas de se froisser.

Cette histoire d'habits était un vrai problème, car sa garde-robe du quotidien aurait fait pitié à un ermite et, après avoir donné son accord à Marco, elle s'était aperçue qu'elle n'avait rien à se mettre pour la grande soirée d'ouverture. Ainsi s'était-elle décidée à investir ses maigres économies dans un fourreau de satin d'occasion, et elle espérait que, malgré l'éclairage de la salle de réception, personne ne remarquerait les quelques fils tirés au-dessus de l'ourlet.

Quand Marco frappa à sa porte, elle retint son souffle et carra les épaules avant de lui ouvrir.

— Bonjour, Sierra, dit-il d'une voix si chaude, si séduisante qu'elle se sentit immédiatement vibrer.

A la vérité, elle portait sur lui un regard bien différent

depuis le moment où elle l'avait vu, désespéré, sur le trottoir. Elle s'était trouvée face à un Marco honnête, sincère, en qui elle avait eu l'impression de pouvoir accorder sa confiance. C'était le même homme qu'elle avait fui sept années auparavant, elle ne l'oubliait pas, mais elle mesurait aussi le prix de sa confession.

— Tu es prête ? demanda-t-il, non sans balayer la pièce du regard pendant qu'elle acquiesçait.

— Oui, il ne me reste qu'à prendre ma valise.

— Laisse, je m'en occupe, dit-il en passant si près d'elle pour attraper son grand sac de voyage qu'elle put sentir les effluves de son parfum viril.

— C'est tout ce que tu emportes ? s'étonna-t-il.

— Oh ! je n'aurai pas besoin de grand-chose.

Il fronça les sourcils et reporta son attention sur le sofa usé et les chaises pliantes. Elle avait consacré beaucoup d'énergie à égayer cet endroit, en accrochant des affiches aux murs, mais elle savait bien que son studio se situait à mille lieues du luxe auquel Marco était accoutumé.

— Où est ton porte-costume, pour tes robes de soirée ?

Honteuse, elle songea à son fourreau de satin élimé.

— Je n'en ai pas besoin, assura-t-elle.

Sans commenter, il souleva le sac et sortit de l'appartement. Sierra poussa un soupir de soulagement et se hâta de fermer à clé derrière eux.

Au cours des deux semaines qui s'étaient écoulées depuis qu'elle avait accepté d'accompagner Marco à New York, elle avait eu amplement le temps de s'interroger sur sa décision. Pourquoi diable s'associait-elle une nouvelle fois à cet homme, alors que leur relation était bien assez compliquée ? Il aurait été plus sage de tirer une bonne fois pour toutes un trait sur son existence.

Seulement, elle avait été bouleversée par sa demande, dans la rue. Il n'avait pas cherché à dissimuler sa vulnérabilité et elle n'avait pas trouvé le courage de l'abandonner à son désarroi.

Il s'assit en face d'elle, dans le luxueux habitacle de la limousine, et elle s'installa dans un fauteuil en cuir, devant une petite table basse.

Dès que le chauffeur se mit en route, Marco lui sourit.

— Je te dois vraiment une fière chandelle, dit-il. Merci d'avoir accepté de venir. Je te promets qu'ensuite, je ne t'importunerai plus jamais, Sierra.

Ne sachant si c'était ce qu'elle souhaitait *réellement* entendre, elle se contenta de hocher la tête.

Durant le trajet, ils prirent soin de se concentrer sur des sujets de conversation agréables et légers : les voyages en général, les nourritures exotiques, les derniers films au cinéma, si bien que, lorsqu'ils arrivèrent à l'aéroport, Sierra se sentait beaucoup plus à l'aise.

Tous ses muscles se tendirent, cependant, lorsque Marco lui saisit le bras pour l'entraîner du côté coupe-file, avant de lui faire découvrir la salle d'attente VIP.

— Eh bien… Quel luxe, déclara-t-elle en s'asseyant dans un petit salon privé où un serveur leur apporta deux flûtes de champagne.

Baissant les yeux sur le liquide pétillant, elle s'enquit :

— Nous fêtons quelque chose ?

— Bien sûr : l'ouverture du Rocci de New York. Tu as déjà voyagé en VIP, n'est-ce pas ?

— Non, ma mère et moi nous rendions aux galas d'inauguration en bateau ou en train, et cela ne s'est pas produit plus de trois ou quatre fois. J'ai pris l'avion pour la première fois quand je suis venue m'installer à Londres.

— Vraiment ? rétorqua Marco d'un air si stupéfait qu'il en révélait beaucoup sur la vision idéalisée qu'il entretenait au sujet de sa famille.

Ils trinquèrent sans mot dire, et elle savoura le goût subtil du champagne.

— Alors, dis-moi, comment en es-tu venue à l'enseignement de la musique à Londres ?

— J'ai commencé comme bénévole, répondit-elle avec un léger sourire. J'ai même pris quelques leçons. Les débuts ont été lents : j'ai donné deux heures de cours pour un club, puis un autre… Aujourd'hui, je ne pense pas être en train de préparer la carrière d'une foule de futurs grands concertistes, mais j'aime ce que je fais, et je crois que les enfants sont heureux.

— Et Londres te plaît ?

— Oui. Malgré la pluie, s'esclaffa-t-elle. C'est devenu chez moi.

— Ah ? Tu t'es fait des amis ?

Sierra perçut une légère modulation dans la voix de Marco, un entrain trop appuyé pour ne pas être factice. Que voulait-il savoir, exactement ?

— Quelques-uns, répondit-elle avec prudence. Des enseignants, des voisins.

Elle haussa les épaules et précisa :

— Je suis une solitaire.

— Vraiment ? s'étonna Marco. Pourquoi ?

— J'ai passé mon enfance seule dans une villa isolée au cœur des montagnes, puis mon adolescence dans un monastère : il n'y avait pas beaucoup de compagnie.

— Je vois… Je suppose que ton père était très strict en matière de scolarité.

Non sans un frisson rétrospectif, elle opina du chef.

— On peut le dire comme ça, murmura-t-elle.

— Mais il avait un cœur d'or. Il a toujours voulu le meilleur pour toi.

Sierra ne put répondre : Marco pensait sincèrement ce qu'il disait.

— Je peux en dire autant, renchérit-il. Il a été un vrai père pour moi, bien davantage que mon propre géniteur.

Cette réflexion piqua la curiosité de Sierra.

— Pourquoi ? Comment était ton père ?

Marco hésita, tenant son verre devant ses lèvres d'un air pensif.

— Je ne sais pas très bien, je n'avais que sept ans quand il est sorti de ma vie.

— Oh ! je suis désolée, dit-elle.

Elle perçut la tension dans sa voix ; il était clair qu'il n'aimait guère aborder ce sujet, mais, maintenant que c'était fait, Sierra avait envie d'en apprendre davantage.

— Je songeais récemment que je ne sais presque rien de toi, Marco. De ton enfance, de ta famille.

— Parce que cela n'a aucun intérêt, rétorqua-t-il.

— Mais qu'est-il arrivé à ton père quand tu avais sept ans ?

Il observa un long silence avant d'énoncer :

— Je suis un enfant illégitime, expliqua-t-il. Ma mère était femme de chambre dans un hôtel de Palerme. Pas au palace Rocci, précisa-t-il avec un sourire triste. Mon père travaillait dans cet hôtel et, bien sûr, il était marié. Ils ont eu une liaison, elle est tombée enceinte, tu imagines la suite.

Mais elle n'avait pas envie de l'imaginer, elle voulait savoir ce qui s'était passé.

— Et après ? demanda-t-elle doucement.

— A ma naissance, mon père nous a installés, ma mère et moi, dans un studio sordide d'un des pires quartiers de Palerme. Il lui a donné le strict minimum pour qu'elle puisse survivre. De temps à autre, peut-être trois ou quatre fois par an, il nous rendait visite ; il me rapportait des gadgets sans intérêt, des babioles que les clients de l'hôtel abandonnaient dans les chambres. Je ne pense pas que c'était quelqu'un de foncièrement mauvais… Mais il était faible. Et il n'aimait pas être avec nous. Même quand j'étais petit, je m'en apercevais. Chaque fois qu'il venait, il ne s'attardait pas et affichait toujours un air coupable, misérable ; et il consultait sa montre toutes les deux minutes.

Marco vida sa flûte de champagne avant de poursuivre :

— Petit à petit, ses visites se sont espacées, comme les sommes d'argent qu'il nous allouait. Au bout d'un moment, il a cessé de venir.

Sierra avait la gorge nouée et le cœur serré ; Marco ne lui avait jamais parlé de tout cela auparavant. Elle ne s'était pas doutée qu'il avait traversé une enfance aussi douloureuse.

— Et il n'a jamais dit au revoir ? interrogea-t-elle.

— Non. Quand ma mère a compris qu'il ne reviendrait plus, elle a tout fait pour nous maintenir à flot, financièrement. De son mieux, en tout cas.

— Je suis désolée, Marco… Ça a dû être horriblement dur à vivre, pour toi.

Il haussa les épaules.

— C'est de l'histoire ancienne. J'ai fermé la porte sur mon enfance quand j'ai eu seize ans, et je ne l'ai jamais rouverte. C'est aussi pourquoi j'éprouve autant de reconnaissance à l'égard d'Arturo : il est le seul à m'avoir donné ma chance ; il m'a traité comme un fils, et j'ai trouvé en lui le père que je n'avais jamais eu.

Il secoua la tête et ajouta très bas :

— Il me manque.

Sierra sentit son estomac se retourner en comprenant que dire la vérité à Marco serait trop cruel : il avait besoin de conserver l'image idéalisée de l'homme qu'elle considérait comme un tyran. De toute façon, pourquoi lui arracher ses illusions ? Dans trois jours, elle serait de retour à Londres.

Marco et elle ne se reverraient plus.

Sierra suivit Marco dans le hall d'accueil flambant neuf de l'hôtel Rocci. La décoration était luxueuse et moderne, les sols et les murs en granit et en marbre. La personnalité du bâtiment reposait sur son architecture audacieuse, contrairement aux établissements Rocci européens, dont elle trouvait l'aménagement convenu et trop classique.

C'était de bon augure : une fois de plus, elle se répéta qu'elle n'avait aucune raison de laisser ses mauvais souvenirs remonter à la surface. Ce qui allait se passer à New York serait très différent des galas de sa jeunesse.

Elle avait hâte de visiter la ville, mais après un long vol, si confortable qu'il ait été, elle était heureuse de poser sa valise et de découvrir sa chambre.

Marco lui avait annoncé qu'ils partageaient une suite. Même si cette perspective la mettait mal à l'aise, elle savait qu'il y aurait forcément assez d'espace pour qu'elle puisse s'isoler.

Tout le personnel, depuis le concierge jusqu'à l'infirmière, était déjà en fonction, même si les clients ne séjournaient ici qu'à partir du surlendemain — après la soirée d'ouverture officielle.

Tout en admirant les toiles d'art contemporain qui ornaient les murs du rez de-chaussée, elle suivit son compagnon dans l'immense ascenseur luxueux qui les conduirait au dernier étage.

Quand ils sortirent de la cabine pour pénétrer dans le couloir menant à la suite en penthouse, la largeur du passage n'empêcha pourtant pas Marco de l'effleurer. La réaction immédiate de son corps la surprit elle-même. Déjà, dans l'avion, elle avait fait semblant de dormir pour ne plus se sentir électrisée par la présence charismatique de cet homme. Comment pouvait-il lui faire tant d'effet ? En tout cas, elle avait trois jours pour explorer cette attirance et en tirer le meilleur parti…

Soudain, elle se rendit compte de ses pensées et s'empourpra. Comment de telles idées pouvaient-elles lui traverser l'esprit ? Que lui arrivait-il ? Elle tâcha de réfléchir. Marco et elle traînaient leur histoire trop compliquée comme un boulet. Ni elle ni lui ne pouvaient rien y changer, mais une petite aventure… Oui, c'était possible.

— Bienvenue au penthouse, déclara-t-il, l'arrachant à ses pensées coupables.

Sierra resta silencieuse un moment, tout à la contemplation de l'étrange pièce qui apparaissait sous ses yeux. Un salon immense et circulaire, dont le mur était une baie vitrée allant du sol au plafond. Spectaculaire, la vue panoramique sur Manhattan donnait l'impression de voler !

Marco fit quelques pas sur le marbre noir, alluma les lumières et s'enquit :

— Ça te plaît ?

— Oh ! Mon Dieu… C'est fantastique ! s'exclama-t-elle. Mais… je ne vois pas de portes. Où sont les chambres ?

— A l'étage, c'est un duplex. Je tenais d'abord à te montrer le salon. J'en suis très fier, car j'ai dû beaucoup insister auprès de mon architecte pour qu'il consente à suivre mes indications. Il ne pensait pas que ce fût possible, jusqu'à ce que je lui démontre qu'il se trompait.

— C'est vrai, c'est toi qui as conçu cela ? C'est superbe. Bravo pour ta ténacité.

Il s'approcha d'elle, riva son regard au sien et répondit :

— Tu sembles étonnée… Mais je suis *toujours* tenace, quand le jeu le mérite.

Sierra se sentit rougir, même si elle n'était pas bien sûre de comprendre. De quoi parlait-il ? Du mariage qu'ils auraient pu avoir si elle n'était pas partie ? Ou bien de ce qu'ils pouvaient vivre durant ces trois jours ici ?

— Viens visiter le haut, reprit-il en l'invitant à le suivre dans l'escalier.

A l'étage, la vue restait somptueuse, bien que différente à chaque fenêtre. Marco lui montra la cuisine, puis les deux chambres, chacune donnant sur une salle de bains privée. Malgré leur taille — elles étaient immenses —, les pièces étaient situées l'une en face de l'autre. Or, au lieu de ressentir de l'angoisse, Sierra s'aperçut qu'elle était à la fois impatiente et anxieuse de dormir si près de Marco.

Etait-elle donc bien en train de perdre l'esprit ?

— Si tu souhaites te rafraîchir ou te reposer, n'hésite pas, conclut Marco. La journée sera encore longue.

— D'accord. Merci.

— Le gala a lieu demain, mais, si tu veux, nous avons le temps de nous promener cet après-midi. Ça te plairait ?

— Oui, j'aimerais vraiment découvrir Manhattan. Laisse-moi me changer, j'arrive.

Une fois dans sa chambre, Sierra ôta ses vêtements, passa sous la douche et enfila un jean et un sweat-shirt. Il était temps de mettre un peu d'ordre dans ses idées, car elle était consciente de jouer avec le feu. Un nouveau Marco lui était apparu, qui lui plaisait beaucoup et avec qui elle avait envie de s'amuser…

Pourquoi pas, après tout ? Ils pouvaient même s'offrir une passade. A condition qu'elle n'oublie pas que ce ne serait *rien d'autre* qu'une liaison de quelques jours…

De toute façon, rien ne prouvait qu'il souhaitait se lancer dans ce genre d'aventure, se rappela-t-elle en se promettant de tempérer ses ardeurs.

Quand elle redescendit au salon, elle le trouva au téléphone, en train de régler quelques détails concernant la cérémonie du lendemain. Dès qu'il eut raccroché, elle sourit.

— Le succès de cette ouverture est vraiment très important pour toi, n'est-ce pas ?

L'air grave, il hocha la tête.

— Je te l'ai dit, Sierra. Cet hôtel, c'est tout, pour moi.

Tout. Elle ne savait si elle devait se sentir soulagée ou attristée… et chassa cette idée de son esprit. Aujourd'hui, elle voulait profiter de sa présence dans cette ville extraordinaire qu'elle brûlait de découvrir !

— Alors, quels endroits songes-tu à me montrer ? s'enquit-elle d'un ton enjoué. Depuis le temps que tu t'occupes de la conception de cet hôtel, tu dois connaître New York par cœur.

— Et toi, tu as des priorités particulières ?

— Non. Emmène-moi dans ton lieu favori.

Un sourire joua sur les lèvres de Marco, attirant l'attention de Sierra sur sa bouche ourlée et pulpeuse, une bouche dont elle n'oubliait pas la pression exigeante ni le goût à la fois frais et brûlant…

— Très bien. Alors, allons-y, lança-t-il.

Un moment plus tard, ils sortaient de l'établissement, idéalement situé au pied de Central Park West. Une énergie extraordinaire émanait de cette ville, et Sierra sentit son excitation monter en flèche.

Une file de taxis jaune s'étirait sur toute la longueur de l'avenue, et Marco en héla un.

Ce fut seulement quand ils s'engouffrèrent à l'arrière qu'elle apprit où ils se rendaient :

— Au musée d'Art moderne, indiqua-t-il au chauffeur.

— C'est vrai ? demanda-t-elle, ravie. Je ne savais pas que tu étais amateur d'art !

— L'art moderne, oui. Et il y a encore beaucoup de choses que tu ignores à mon sujet.

— Oui, murmura-t-elle en retenant son souffle. Je commence à m'en rendre compte.

8.

Marco ne se rappelait plus la dernière fois qu'il avait vécu une journée aussi fabuleuse. Ils s'étaient promenés dans les salles des collections permanentes du musée d'Art moderne, le MoMA, s'émerveillant devant les toiles et sculptures exceptionnelles. Soudain, il s'aperçut que, sans réfléchir, il lui avait pris la main, d'un geste si naturel qu'il se s'était pas rendu compte que cela faisait un long moment que leurs doigts étaient entrelacés. Ensuite, ils passèrent plusieurs heures à discuter de l'usage des couleurs chez Klimt et des formes angulaires chères à Picasso.

— Je ne suis pas un expert, loin de là, lui dit-il alors qu'ils retrouvaient le ciel ensoleillé de la ville.

En ces premiers jours du mois d'août, New York était baignée par la lumière estivale.

— Mais j'aime les possibilités que promet l'art moderne, reprit-il. Le fait que des gens osent des choses nouvelles, essaient de voir le monde sous un angle différent.

— Oui, je comprends cela, acquiesça-t-elle. C'est d'autant plus justifié de la part de quelqu'un qui a eu ton parcours.

Au rappel de sa jeunesse, Marco se tendit, mais Sierra serrait toujours sa main dans la sienne, et il savoura l'instant présent. Désormais, elle en savait davantage sur sa vie que n'importe qui au monde — même Arturo, qui avait pourtant été un père pour lui. Oh, bien sûr, le vieil homme connaissait quelques aspects de son enfance accidentée. Du temps où il était garçon d'étage, son accent des mauvais quartiers le trahissait. Néanmoins, Arturo n'avait jamais rien su du père de Marco et n'avait posé aucune question à ce sujet.

Ils traversèrent Central Park et achetèrent des glaces pour se rafraîchir. Puis, comme ils parvenaient à proximité du zoo abrité par le parc, ils tombèrent sur un violoniste qui interprétait avec grâce une sonate de Mozart. Sierra fouilla dans ses poches pour lui donner de l'argent, mais Marco interrompit son geste et lui tendit un billet de son portefeuille.

— Merci, souffla-t-elle avant de le remettre à l'inconnu.

Comme ils reprenaient leur promenade, il s'enquit :

— Pourquoi ne veux-tu jouer qu'en privé ?

Pour lui, c'était un vrai mystère.

Sierra eut l'air pensive.

— Parce que j'ai toujours joué pour moi. En fait, je crois que je considère avant tout la musique comme un refuge. Petite fille, cela me permettait de m'échapper, et je ne voulais pas que l'on me gâche ça.

— T'échapper ? s'étonna-t-il. De quoi ?

Elle détourna les yeux d'un air gêné.

— Oh ! des mêmes choses que tout le monde en général..., lança-t-elle d'un ton à la désinvolture forcée.

Marco n'avait aucune idée de ce à quoi elle faisait référence, mais il était évident qu'elle éludait sa question. Pourtant, il aurait vraiment aimé qu'elle lui parle ; il commençait à se demander s'il n'avait pas idéalisé sa vision de l'enfance de Sierra en imaginant une fillette charmante et sage adorée par deux parents fous de fierté, dans une atmosphère d'opulence où tous les rêves se réalisaient... C'était sans doute un peu trop beau.

— Mais maintenant que tu es adulte, insista-t-il, pourquoi ne joues-tu toujours que pour toi ?

— Je n'ai jamais éprouvé le désir de devenir concertiste, expliqua-t-elle. Pour moi, la musique est un plaisir et un privilège, pas une performance. J'aime jouer pour moi, et j'aime enseigner.

Il lui reprit la main et ils se dirigèrent vers la fontaine Bethesda, au centre du parc, dont les eaux tranquilles brillaient sous le soleil déclinant.

Leur marche avait été longue et, alors qu'ils traversaient Central Park en direction de leur hôtel, Marco s'aperçut que la jeune femme commençait à afficher des signes de fatigue.

— Nous rentrons, dit-il. Je vais nous commander un repas. Ici, on peut se faire livrer n'importe quel type de nourriture. Qu'est-ce qui te ferait plaisir ?

Ils venaient de passer la porte à tambour de l'hôtel Rocci, et elle sourit en suggérant :

— Quelque chose d'américain… Cheese-burgers et frites ?

Marco s'esclaffa et sortit son mobile de sa poche pour pianoter sur l'écran tactile.

— Moi qui pensais que tu demanderais homard et caviar… Très bien, ta commande est passée.

Un moment plus tard, Sierra avait pris une douche. C'était la troisième de la journée, mais, après leur longue balade dans la chaleur estivale, elle avait eu besoin de se rafraîchir pour ne pas tomber sur son lit, ivre de sommeil. Le décalage horaire commençait à faire sérieusement sentir ses effets.

Quand elle redescendit au salon, Marco l'attendait, installé dans le grand canapé.

— Je n'étais pas sûr de te voir revenir, dit-il en souriant. J'avais l'impression que tu étais prête à t'écrouler.

— Moi aussi, admit-elle.

Elle avait d'ailleurs toujours la tête lourde de fatigue, mais ses papilles se mirent à saliver dès qu'elle sentit la délicieuse odeur des cheese-burgers et des frites disposés dans deux assiettes sur la table basse.

— J'ai pensé que nous pourrions nous installer ici, expliqua-t-il.

— C'est parfait.

Elle s'assit en face de lui et, fermant les yeux de plaisir, commença à savourer le goût sucré-salé des cornichons, du ketchup et de l'épaisse tranche de bœuf couverte de fromage.

— Mon Dieu, que c'est bon !

Ce dîner simple était exactement ce dont elle avait besoin.

Ils mangèrent de bon appétit, mais ils n'avaient pas encore terminé quand le téléphone de Marco sonna et qu'il prit la communication.

Sierra resta assise devant son plat et dégusta jusqu'à la dernière frite avant de se lever et de faire quelques pas vers la somptueuse baie vitrée. Sous ses yeux s'étendait un monde fascinant : la végétation dense et haute du parc, cernée d'immeubles immenses scintillants dans un ciel zébré de rubans orangés.

Enfin, l'épuisement eut raison de ses dernières forces et, comme Marco était toujours en train de téléphoner dans sa chambre, elle décida de rejoindre la sienne.

Malgré les émotions intenses que lui avait values cette journée hors du commun, elle sombra vite dans un sommeil de plomb.

Le lendemain, dès qu'elle ouvrit un œil, elle s'aperçut que le soleil inondait sa chambre. La cérémonie d'inauguration aurait lieu cet après-midi, le gala et le bal dans la soirée. Alors qu'elle prenait sa douche, elle se rendit à l'évidence : elle n'avait pas les vêtements qui convenaient à l'événement.

A Londres, il avait été facile de se convaincre qu'une petite robe d'occasion ferait l'affaire, mais maintenant qu'elle avait pu voir de ses propres yeux le palace de Marco, qu'il lui avait prouvé son attachement à chaque détail de l'architecture et de la décoration, elle comprenait qu'elle ne pourrait pas présider les festivités dans son satin miteux.

Après avoir enfilé un pantalon léger et une blouse, elle descendit l'escalier et trouva son compagnon attablé dans le salon devant une tasse de café. Dès qu'il la vit, un large sourire illumina son visage.

— Bonjour.

— Bonjour, répondit-elle d'une voix timide.

Seigneur, il était superbe, dans sa chemise bleue impeccablement repassée, son pantalon gris et sa cravate argentée. Il avait les cheveux encore humides, ce qui faisait onduler ses mèches noires sur sa nuque. Rasé de frais, il exhalait un parfum citronné enivrant.

— Tu as bien dormi ?

— Oh, oui, je me sens parfaitement reposée, merci. Et je me demandais si nous avions un peu de temps, ce matin, avant les préparatifs de la cérémonie…

— Bien sûr. Tu veux sortir ?

A ces mots, ses joues s'enflammèrent.

— Oui. Je… Euh… J'ai des achats à faire. En fait, dit-elle en hésitant, je ne crois pas que les habits que j'ai apportés feront l'affaire. Pour tout t'avouer, ma robe vient d'un dépôt-vente et plus j'y pense, plus je suis persuadée qu'elle ne conviendra pas.

Un éclair de surprise intense traversa le visage de Marco.

— Bien sûr, répliqua-t-il après une seconde de silence abasourdi. Je fais tout de suite appeler un chauffeur.

— Mais je peux marcher et m'y rendre seule…

— Ce serait absurde : c'est à moi de t'offrir tes vêtements de gala, Sierra. S'il te plaît, accorde-moi ce plaisir.

Il pianota sur son écran et déclara :

— C'est fait, la voiture nous attend. Viens, tu pourras prendre ton petit déjeuner en chemin.

Cinq minutes plus tard, ils s'engouffraient dans une limousine, et Sierra découvrait sur la petite table basse une verseuse aux armes du Rocci, remplie d'un café au parfum délicieux, ainsi qu'un grand verre d'orange pressée et un panier de viennoiseries encore chaudes.

— Mon Dieu…

Elle releva les yeux vers Marco et observa :

— C'est complètement fou, tu t'en rends compte ?

— Pourquoi ?

— Ce luxe… Je n'ai pas l'habitude.

— Tu *devrais*, pourtant : c'est la vie que tu aurais pu avoir, Sierra. Celle que tu mérites.

Ses paroles la firent s'arrêter net dans son geste et, un croissant dans une main, elle leva la tête pour scruter Marco avec méfiance.

— Tu veux dire : si je t'avais épousé ?

Il parut hésiter.

— Moi ou quelqu'un d'autre, répondit-il avec une prudence étudiée. Arturo aurait forcément choisi un homme capable de t'offrir un train de vie décent.

— Tu crois vraiment que j'aurais accepté de me marier avec quelqu'un que mon père aurait choisi à ma place ?

Il arrima son regard au sien.

— Je ne sais pas. Mais je pense que tu aurais bien fait de m'épouser.

A ces mots, des papillons s'envolèrent dans son estomac.

Elle avala un peu de jus d'orange pour soulager sa gorge sèche.

— Même maintenant ? murmura-t-elle.

Marco soupira.

— Qui peut dire ce qui se serait passé ? Il se trouve que tu as choisi de fuir. Depuis, nous avons changé, l'un comme l'autre.

Mais certaines personnes peuvent se retrouver, même après de longues années, si elles sont vraiment faites l'une pour l'autre. Cette pensée la traversa tel un éclair, et elle se mordit les lèvres pour la refouler. Seigneur, à quoi songeait-elle ? La veille, elle s'était juré que s'il devait se passer quoi que ce soit entre eux, ils en resteraient à une brève aventure de voyage, rien de plus. Et ce matin, elle envisageait…

— Ah, nous y sommes.

Elle jeta un coup d'œil par la vitre. La limousine s'était arrêtée devant une grande boutique de la Cinquième Avenue. A la hâte, elle finit son croissant et sa tasse de café avant de sortir du véhicule et de suivre Marco qui avait déjà pénétré dans le magasin.

A peine avaient-ils franchi la porte que plusieurs assistantes se précipitèrent auprès d'eux, et Sierra resta bouche bée devant les canapés de velours blanc, le grand lustre en cristal et les rares porte-vêtements disséminés dans la salle : peu de pièces pendaient sur les cintres. Dans ce magasin, on ne vendait pas des articles de mode, on *faisait* la mode…

Elle eut honte de venir dans un endroit pareil en jean et blouse, alors que les élégantes assistantes, parfaitement coiffées et manucurées, semblaient sorties des plus belles pages d'une revue en vogue.

Mais l'expression de Marco la rasséréna. Avec un sourire complice, il se pencha à son oreille et déclara :

— Et maintenant, on va s'amuser.

Confortablement installé sur un canapé, Marco répondait à des appels professionnels pendant que Sierra, apparaissant et disparaissant dans la cabine d'essayage, pirouettait timidement devant lui à chaque nouvelle tenue. Avec ses longues jambes fuselées, sa taille fine, sa poitrine fière et son visage d'ange, elle faisait un modèle parfait. Il n'aurait jamais cru prendre autant de plaisir à voir une femme exhiber des vêtements et, pourtant, il vivait un moment fantastique.

Elle avait commencé par des habits décontractés, avant de passer aux jupes droites et aux chemisiers, puis aux robes de cocktail.

— Nous les garderons toutes, dit-il à l'une des assistantes, profitant de ce que la jeune femme se changeait et ne pouvait pas l'entendre.

Quelques instants plus tard, Sierra revint, une expression indécise sur le visage.

— Je crois que cette robe bleue pourrait être le meilleur choix, déclara-t-elle.

Marco avait plus envie de lui arracher le vêtement afin de la voir entièrement nue. De lui faire rageusement l'amour… Mais il domina son désir pour afficher un sourire sérieux et répondre :

— Tu pourras te décider plus tard.

Le fait qu'elle s'imagine qu'il ne lui achèterait qu'une seule tenue l'amusait. Pour quel genre d'homme le prenait-elle ?

Un homme qui tombait amoureux d'elle…

Ces mots le pétrifièrent intérieurement. Non. Il n'était pas en train de tomber amoureux. Il savait à quoi s'en tenir : son amour passionné avait gâché la vie de sa mère. Attendre quelqu'un qui ne viendra jamais, espérer que l'autre partage ces sentiments… Très peu pour lui. Il avait déjà fait la triste expérience de ces épreuves alors qu'il n'était *pas* amoureux de Sierra, avait-il vraiment envie de tomber de plus haut encore ?

En fait, se hâta-t-il de se dire, il prenait juste du bon temps avec elle. Or l'homme d'affaires qu'il était n'en avait guère l'habitude.

— Et que penses-tu de celle-là ? demanda-t-elle en émergeant dans une robe longue qui lui tombait jusqu'aux chevilles.

Marco réprima un cri de stupéfaction. Elle était superbe. Le fourreau de soie sauvage avait exactement la même couleur bleu-gris que ses yeux ; la ceinture noire, avec son cabochon de diamant, soulignait l'étroitesse de sa taille, et sous sa magnifique chevelure ensoleillée, lâchée dans son dos, il devinait ses épaules nues.

— Nous la prenons, souffla-t-il, incapable de réfléchir tant il était hypnotisé.

— Mais si tu ne l'aimes pas, je…

— Je l'aime beaucoup, coupa-t-il.

Dès qu'elle retourna se changer, il indiqua à l'assistante :

— Emballez le tout, s'il vous plaît.

— Le tout ? répéta Sierra, revenue plus vite qu'il ne l'aurait cru, en fronçant les sourcils. Mais… je pensais que nous prenions seulement la robe bleue.

Cette fois, elle portait une robe noire très simple, qui mettait en valeur sa silhouette gracile et son élégance aristocratique.

— Tu t'es trompée. J'achète tout, Sierra. Je tiens à te voir dans chacun de ces vêtements.

Elle pâlit un instant.

— Mais… il y a encore des tenues de soirée à essayer.

— Et je veux que tu les passes… Seulement, cette fois, je vais t'aider à défaire ta robe.

Sans lui laisser le temps de répliquer, il l'entraîna dans

la cabine et referma la porte derrière eux. Dans le miroir, il la vit devenir écarlate.

— Marco… L'assistante doit revenir, objecta-t-elle.

— Pour le moment, elle est occupée à tout plier, répondit-il d'une voix sensuelle en se penchant sur sa nuque pour trouver la tirette de la fermeture Eclair.

Dans un silence électrisant, il écouta le zip glisser. Ils étaient seuls, très près l'un de l'autre, derrière un rideau de velours. Le parfum délicat de Sierra lui caressait les narines ; il avait sous les yeux la peau blanche, laiteuse et fine de ses épaules.

Enfonçant les doigts dans la masse de ses cheveux soyeux, il les écarta pour déposer un baiser dans le creux de son cou. Elle laissa échapper un soupir et se tourna vers lui, rivant dans le sien son regard embué de fièvre. Un désir irrépressible l'envahissait. Il savait que s'il la prenait, là, maintenant, contre le mur de cette cabine, elle le laisserait faire, mais il ne voulait pas que leur première fois ait lieu dans l'urgence et la précipitation. Non, il avait attendu si longtemps… Il pouvait encore prolonger un peu cette exquise agonie.

Il fit tomber la robe noire à terre et contempla Sierra presque nue, uniquement vêtue de sa petite culotte et de son soutien-gorge. Incapable de résister, il caressa ses tétons roses et durcis sous la dentelle. Comme elle se cambrait en réponse, il se pencha sur elle et l'embrassa langoureusement. Il aimait la saveur de ses lèvres pleines et fraîches, l'ardeur qu'elle lui témoignait en enroulant sa langue autour de la sienne, en lui rendant son baiser avec fièvre.

— Monsieur Ferranti ?

La voix musicale de l'assistante le fit sursauter ; comme Sierra, qui bondit en arrière, rompant leur étreinte.

— J'arrive, répondit-il.

Il plongea son regard dans celui de Sierra et précisa :

— Je n'avais pas fini… Nous reprendrons plus tard là où nous en sommes restés.

— J'espère bien, souffla-t-elle, sans le quitter des yeux.

Il sourit et déposa un dernier baiser furtif sur son épaule avant de sortir de la cabine.

Sa réponse le ravissait.

Et il était impatient de tenir la promesse qu'il venait de lui faire.

9.

Quand ils rentrèrent à l'hôtel, Marco la quitta pour se rendre à une réunion avec les responsables de chaque service afin de superviser les derniers détails des festivités.

Sierra resta un moment dans le grand hall, à observer le ballet du personnel, s'affairant en tous sens, à quelques heures de l'ouverture. Elle était consciente du gros travail de préparation qu'exigeait la cérémonie en elle-même, ainsi que la somptueuse réception de la soirée. Elle songea au bal : il y avait si longtemps qu'elle n'avait pas posé le pied sur une piste de danse…

— Bonjour, mademoiselle Rocci, lança un homme d'âge mûr, qui devait être un cadre de l'établissement. J'espère que votre séjour vous donne toute satisfaction ?

— Oui, absolument, répondit-elle, stupéfaite.

L'inconnu savait qui elle était, pourtant… il y avait sept ans qu'elle n'était plus « une Rocci ». Elle avait tourné le dos à tout ce décorum et, à cet instant, ses souvenirs rejaillirent en masse. Elle revit les galas d'ouverture d'hôtels auxquels elle avait assisté ; aucun établissement n'avait jamais été aussi élégant et luxueux que celui de New York, mais cela ne l'empêchait pas d'éprouver une impression de familiarité pénible.

— Mademoiselle Rocci ? insista l'homme en la scrutant avec inquiétude. Vous allez bien ?

Son malaise transparaissait et, pour tout avouer, elle

avait l'estomac noué. Comme elle se tenait toujours devant la cage d'ascenseur, elle appuya sur le bouton d'appel.

— Oui, merci. C'est juste que je n'ai rien avalé aujourd'hui.

— Je vais tout de suite faire monter le déjeuner dans votre suite, suggéra-t-il aussitôt.

— Merci, c'est très aimable à vous.

Quand les portes de l'ascenseur se refermèrent, elle en éprouva un immense soulagement. Mais juste après, durant quelques secondes, elle entendit la voix dure de son père, sentit sa main se poser sur son épaule, tandis qu'ils gravissaient les marches d'une estrade. « Tu vas être une bonne petite fille, Sierra. Souris à tout le monde. » La menace sourdait, et elle tremblait à cette promesse de châtiment si elle ne répondait pas à ses souhaits. Elle se revit, terrifiée, devant des foules immenses, plaquant en permanence un sourire douloureux sur ses lèvres…

Les portes s'ouvrirent, et elle se précipita dans le penthouse avant de courir à l'étage pour s'humecter le visage. Penchée au-dessus du lavabo, chancelante, elle se remplit un verre d'eau et prit soin de boire lentement, tandis que son cœur battait à tout rompre.

Elle ferma les yeux. Elle s'était cru libre, mais ce n'était pas le cas : sa mémoire la torturait. Jamais elle n'aurait dû accepter de s'infliger cette épreuve, l'inauguration d'un nouvel hôtel Rocci… *Comme autrefois.*

Mais que faire ? Elle n'allait pas encore abandonner Marco… Surtout lors d'un événement qui représentait tant à ses yeux.

Elle réfléchit. Tout avait changé depuis six semaines, depuis qu'ils s'étaient retrouvés à Palerme. Elle ne pouvait pas le nier : elle avait follement envie de faire l'amour avec lui cette nuit.

Pas seulement parce qu'il l'attirait, mais aussi parce qu'e*lle tombait amoureuse de lui.*

Comment était-ce possible ? Elle avait toujours rejeté l'amour entre un homme et une femme, car elle restait traumatisée par le calvaire de sa mère.

Peut-être se laissait-elle aveugler. Elle manquait cruellement d'expérience en matière de romance et de sexe, mais, dans ce cas, pourquoi envisageait-elle une aventure fugitive avec son ex-fiancé ?

Sa chair la trahissait, tout comme ses émotions. Ce qu'exigeait son corps n'avait rien de commun avec ce que lui dictait sa raison. Malgré elle, elle se rappelait comment chaque atome d'elle-même avait vibré sous les caresses aphrodisiaques de Marco, lors de cette nuit fatale dans la villa. A vingt-six ans, elle n'avait jamais partagé le lit d'un homme, les pulsions contre lesquelles elle ne pouvait plus lutter relevaient donc probablement d'un élan naturel, hormonal…

En revenant dans sa chambre, elle jeta un coup d'œil à la pendulette ; il lui restait une heure pour se préparer à la cérémonie d'ouverture, constata-t-elle en frissonnant.

A cette perspective, une grande faiblesse l'envahit et elle se sentit étouffer.

Il faudrait bien qu'elle dompte sa peur, qu'elle fasse bonne figure et interdise à son passé d'être le plus fort.

Pendant que des dizaines de journalistes et des centaines d'invités attendaient le début de la cérémonie dans la grande salle de réception du palace, Marco faisait les cent pas sur le marbre du hall d'accueil. Il était 14 h 3. Sierra aurait dû le rejoindre ici depuis plus d'un quart d'heure. Il avait déjà envoyé un employé la chercher, et ce dernier était revenu en déclarant que la jeune femme promettait de descendre dans un instant.

— Nous devrions commencer, chuchota à son oreille le directeur de l'hôtel, tout aussi nerveux que lui.

— Impossible, sans un membre de la famille Rocci auprès de moi, répondit-il.

Faisait-elle exprès de lui imposer ce calvaire ? Elle lui faisait subir une angoisse qui lui rappelait douloureusement une attente semblable, sept ans plus tôt, dans une église de Palerme…

Il s'enjoignit au calme. La situation avait changé ; il n'était plus le même et Sierra non plus : elle viendrait.

Enfin, les portes de l'ascenseur s'ouvrirent, et une vague de soulagement l'enveloppa : elle était là.

Comme toujours, elle était d'une beauté renversante, et sa robe de cocktail noire agrémentée d'un petit boléro lui allait à la perfection. Pourtant, il fronça les sourcils en lui prenant la main : ses doigts étaient glacés. Il la dévisagea avec inquiétude.

— Tu es malade, Sierra ?

— Non.

— Qu'est-ce qui ne va pas, alors ?

— Rien. Ce doit être le décalage horaire.

Malgré le maquillage, elle avait une mine cadavérique. Ses joues étaient blafardes, ses yeux semblaient agrandis par le malaise.

— Si tu ne te sens pas bien, je comprendrais que tu…

— Je t'assure que ça va, Marco, dit-elle avec un sourire forcé. Je suis prête.

Marco venait de la scanner du regard, tel un médecin dans une salle de radio, cherchant une fracture dissimulée. Elle avait fait de son mieux côté fond de teint et blush, mais elle était consciente d'être très pâle. Ses maudits souvenirs refusaient de la lâcher : elle entendait des voix, se voyait circuler entre des fantômes… Il y avait aussi les cris, les pleurs, les suppliques de sa mère. Les hurlements de son père.

Comme elle franchissait le seuil de la grande porte, elle frissonna. « Sois une bonne petite fille, Sierra. » Sinon…

Furieuse de permettre à sa mémoire de lui jouer ce tour infâme, elle se rappela qu'elle était à *New York*, auprès de *Marco*, et que son père était *mort*. Vingt fois, elle se répéta cette phrase, tandis que les flashs des photographes crépitaient et qu'elle traversait la grande salle de réception en direction de la scène, au bras de Marco.

Un peu rassérénée, elle carra les épaules et s'apprêta à écouter son discours. Il suffisait qu'elle se concentre sur lui, songea-t-elle. Il avait revêtu un costume anthracite sur une chemise gris clair, et elle admira une nouvelle fois son élégance.

A côté de lui, face à un parterre d'invités triés sur le volet, elle sourit.

— Merci à vous de nous faire l'honneur de votre présence. Je sais qu'Arturo Rocci, mon mentor et mon grand ami, aurait été heureux de se trouver parmi nous et de voir sa fille baptiser ce nouvel établissement Rocci. Il croyait avant tout au travail, à l'excellence du service et, naturellement, aux liens indéfectibles de la famille.

Comme il se tournait vers elle pour la prendre à témoin, il parut stupéfait devant son expression fermée, mais elle n'avait pas eu le temps de se préparer à un coup pareil… Elle s'était attendue à tout, sauf à entendre Marco faire l'éloge de son père, et une lave acide lui brûlait l'œsophage.

La foule applaudit, et un homme lui tendit une grande paire de ciseaux en or. Elle sourit de nouveau, coupa le ruban de satin argenté, et se mit à frapper dans ses mains, accompagnée par l'assistance, afin d'écourter la séance.

Un moment après, Marco la prit par le coude et l'entraîna à l'écart.

— Tu n'as pas l'air bien du tout, dit-il d'une voix inquiète.

— Je suis désolée, ce doit être la chaleur. Et le décalage.

Et les souvenirs… Elle maudissait son père qui, même par-delà sa tombe, parvenait à la torturer encore.

Comme un serveur passait, elle attrapa une flûte de champagne sur son plateau et la vida d'un trait.

— Allons nous occuper de tes invités, reprit-elle en adressant un sourire complice à Marco, déterminée à faire bonne figure.

Il méritait qu'elle fasse beaucoup mieux que ça, elle refusait d'avoir l'air d'une petite chose souffreteuse au beau milieu d'un cocktail où tout le monde venait pour s'amuser… Elle serait l'hôtesse que Marco espérait : souriante, confiante, heureuse.

Il y avait plusieurs heures que la réception avait commencé, et Sierra s'était enfin détendue. Ses souvenirs ne la harcelaient plus, et elle fuyait les journalistes afin d'éviter leurs questions embarrassantes et leurs commentaires idiots sur la famille parfaite qu'elle avait eu la chance d'avoir. Elle entretint des conversations innocentes et agréables avec de nombreux hôtes de marque. Les boutiques de New York, la vie à Londres, le bel été, les terrasses les plus charmantes… Elle passait un très bon moment.

Trois flûtes de champagne avaient également un peu aidé.

— Je n'ai jamais rien vu de si étonnant, dit-elle au serveur préposé à la fontaine de chocolat.

Cette installation extravagante occupait une table entière, et Sierra regardait des fraises flotter dans la rivière brune au parfum entêtant.

L'homme acquiesça d'un simple hochement de tête, et elle sentit qu'on lui tapotait l'épaule.

Marco.

— Dis-moi, tu ne serais pas ivre, par hasard ? demanda-t-il.

— Ivre, moi ? Je t'en prie…

Elle baissa les yeux sur sa flûte, s'aperçut qu'il ne restait qu'une gorgée de champagne, qu'elle avala aussitôt.

— Un peu gaie, peut-être, concéda-t-elle avec un sourire ravi. Mais je m'amuse bien !

D'un geste discret, il l'entraîna loin de la foule et des journalistes avant de plonger son regard dans le sien.

— Tu semblais très mal, tout à l'heure, fit-il. J'ai dit quelque chose qui t'a heurtée ?

— Non, soupira-t-elle.

— Tu en es certaine ?

— Oui. A quelle heure le bal commence-t-il, ce soir ?

— Pas avant deux bonnes heures, répondit-il en consultant sa montre. Tu as tout le temps de remonter te reposer un peu, en attendant l'arrivée de Diana.

Elle hocha la tête. Marco lui avait en effet annoncé qu'il lui envoyait une maquilleuse et coiffeuse professionnelle, afin de lui épargner le moindre stress pour se préparer. Comme Sierra n'avait jamais fait l'expérience d'être prise en main par une experte de la beauté, elle avait accepté.

— Vraiment ? demanda-t-elle. Tu penses que je peux m'éclipser alors que la réception se poursuit ?

— Tu as amplement tenu ton rôle, répondit-il. Et je t'en remercie. Va te détendre, tu l'as bien mérité.

— Oh ! mon Dieu…

Sierra leva une main hésitante vers les boucles empilées sur le sommet de sa tête. Quelques mèches, savamment coiffées, tombaient dans son dos et sur ses épaules. De petits clips de diamants maintenaient ses cheveux et scintillaient sous la lumière.

Quant à son visage, elle le reconnaissait à peine. Elle avait des cils interminables, des paupières ombrées façon *smoky*, et ses pommettes saillaient plus que jamais, sous le blush appliqué avec maestria.

Incrédule, elle baissa les yeux sur sa robe. Elle avait choisi le fourreau en soie bleu argenté dont la couleur, proche de celle de ses iris, adoucissait son visage. La ceinture à cabochon de diamant était sublime, et elle parvenait à peine à croire que cette grande dame qui lui rendait son regard dans le miroir, c'était elle.

Et elle se sentait très sexy.

Un frisson la parcourut. Elle mourait d'impatience que Marco ôte le zip de cette robe, comme il l'avait fait dans la cabine, ce matin m…

Ses joues se mirent à cuire et elle s'empourpra.

— Je me demande si je n'ai pas poussé un peu trop sur le blush, observa Diana.

— Non, c'est parfait, s'amusa Sierra.

Marco l'attendait devant le comptoir d'accueil de l'hôtel et elle ne voulait pas le faire angoisser comme cet après-midi.

Cette soirée allait être merveilleuse, car elle serait inscrite dans l'instant présent : tous deux oublieraient le passé comme le futur. Quoi qu'il advienne, elle serait sa Cendrillon pour une nuit magique.

Non sans avoir encore remercié Diana, elle descendit soigneusement l'escalier en colimaçon, veillant à ne pas trébucher sur ses talons aiguilles. En parvenant dans le salon, elle s'immobilisa : il était là.

Et elle en eut le souffle coupé. En smoking, Marco était l'homme le plus séduisant de la création. Sa peau ambrée, ses yeux sombres et brillants, sa chevelure soyeuse et rebelle étaient mis en valeur par l'élégance ultime de ce costume taillé par un couturier de génie : la coupe était parfaite, et elle admira longuement la puissance de sa carrure et ses jambes d'athlète.

Il la dévisageait avec la même fascination, et il se racla la gorge avant de dire :

— J'en reste sans voix. Tu es superbe, Sierra.

Elle sourit et lui renvoya un regard complice.

— Tu n'es pas mal non plus, tu sais.

— Merci, s'esclaffa-t-il. Si tu es prête, on y va ?

Elle accepta le bras qu'il lui tendait et le suivit.

Le gala avait lieu dans la salle de bal de l'hôtel, quelques étages au-dessous de leur penthouse, mais la vue y était tout aussi spectaculaire. Une immense baie vitrée panoramique donnait l'impression de survoler les plus beaux gratte-ciel de Manhattan.

Les serveurs, en smoking, circulaient avec des plateaux de champagne et de hors-d'œuvre parmi une foule luxueusement vêtue — les femmes en fourreau ou en robe longue, les hommes en costume de soie et pochette ou nœud papillon. Un quatuor à cordes jouait un air de Gershwin dans un fond de la pièce.

Les sévices de son père avaient toujours poussé Sierra à éviter les grandes réceptions et les lieux trop peuplés. Même à Londres, elle préférait dîner chez des amis plutôt que de les retrouver dans un pub. Pourtant, ce soir, c'était comme si toutes ses inhibitions tombaient. Au bras de Marco, elle se sentait différente ; à l'abri.

Il la présenta à de nombreux hôtes — des célébrités de la sphère artistique, des personnalités du monde des affaires. Elle se surprit à nouer de longues conversations avec chacun d'eux. Il y avait une heure qu'elle parlait de musique avec une jeune actrice quand elle sentit un frisson électrique sur son épaule. Marco venait de poser la main dessus, et il la fixait d'un regard ardent.

— Qu'y a-t-il ? demanda-t-elle, troublée.

Il la prit par la taille et dit d'une voix rauque :

— Danse avec moi.

Le souffle coupé, elle acquiesça d'un hochement de tête et le suivit vers la piste.

La main posée sur la veste de smoking de son compagnon, elle savoura la chaleur qui émanait de son corps. Le quatuor entonna un morceau de jazz lascif, et elle se laissa aller à une danse langoureuse entre les bras de Marco. Comme un léger vertige lui embuait l'esprit, elle s'efforça de reprendre le contrôle d'elle-même.

— Je trouve que cette soirée se déroule merveilleusement bien, se força-t-elle à dire. Tu es satisfait ?

— Ravi. L'hôtel affiche déjà complet pour les trois mois à venir. Et c'est en partie grâce à toi.

— Je n'ai pratiquement rien fait, assura-t-elle en riant. C'est toi qui as fait jaillir ce lieu exceptionnel de ton imagination, Marco. Tu m'as dit combien ton travail comptait à tes yeux, mais je le comprends seulement ce soir. Je t'admire, tu sais, tu peux être fier de toi.

Il garda le silence un bref instant, et elle perçut une certaine tension dans sa mâchoire.

— Merci, dit-il enfin. Entendre ces mots de ta bouche signifie beaucoup pour moi.

A la fin du morceau, ils ne quittèrent pas la piste et continuèrent à danser au suivant. Si cela ne tenait qu'à elle, elle passerait le reste de sa vie à danser avec lui, songea-t-elle.

— Tu es la plus belle femme du monde, souffla-t-il soudain d'une voix entrecoupée.

— Je ne crois pas, mais j'aimerais que tu ne changes jamais d'avis, répondit-elle.

Elle jeta un regard autour d'elle et s'enquit :

— Dois-tu rester jusqu'à la fin ?

— Non, dit-il avec fermeté. Et même si j'y étais contraint, je ne le ferais pas. Je ne pourrai jamais attendre tout ce temps pour te toucher, Sierra. Pour être en toi.

Ces mots allumèrent un brasier dans son ventre, et elle sentit un désir fiévreux la posséder.

— Pourquoi t'entêtes-tu à me torturer ainsi ? l'interrogea-t-il tout bas, au creux de son oreille.

— C'est ma vengeance, rétorqua-t-elle. Parce que tu me tortures depuis ce matin.

Oh, oui, c'était un enfer de sentir son visage à moins d'un centimètre du sien, son corps pressé contre elle, viril et puissant, sans qu'elle puisse se blottir contre lui. Elle était grisée par son parfum, sa chaleur, son charme…

Soudain, il lui prit la main.

— Nous partons, lâcha-t-il d'un ton rauque. Maintenant.

10.

Dès qu'ils eurent refermé la porte d'entrée de la suite, Marco attira violemment Sierra contre lui, écrasant sa poitrine sur ses pectoraux. Il ne pouvait plus attendre une seule seconde.

Il avait besoin de ses baisers, de sa féminité, de son corps nu dans ses bras. Quand il plongea les doigts dans ses cheveux, une pluie de petites pinces à diamants tomba sur le sol en tintant doucement. Il caressa fiévreusement ses longues mèches ambrées, ses épaules, ses hanches, tout en traçant une ligne de baisers brûlants le long de son cou.

— Marco, dit-elle dans un souffle, tu vas abîmer ma robe…

— Je t'en achèterai une autre. Dix autres. Cent autres, gronda-t-il avant de chercher rageusement la fermeture et de l'abaisser d'un coup, faisant tomber le fourreau par terre.

Un sourire taquin aux lèvres, elle leva un pied pour sortir de la robe, puis l'autre. Dans ses escarpins interminables, uniquement vêtue d'un string en dentelle, elle était à la fois si belle et vulnérable qu'il en eut la gorge serrée.

— C'est injuste, protesta-t-elle. Tu es encore tout habillé…

— Peut-être pourrais-tu m'aider à rétablir l'équilibre ?

— Peut-être, concéda-t-elle dans un murmure, en s'approchant de lui.

Il était hypnotisé par ses grands yeux clairs, sa bouche sensuelle, sa silhouette de liane.

Le parfum de ses cheveux l'envoûtait.

Elle prit tout son temps pour ôter ses boutons de manchette, le débarrasser de sa veste et défaire, un à un, les boutons de sa chemise. Puis elle traça le contour de ses pectoraux du bout des doigts, et posa ses lèvres sur la fine toison de son torse, avant de l'embrasser avec une délicatesse de papillon. Marco retenait son souffle. Son érection était si dure qu'il en avait mal.

Quand elle déboucla sa ceinture, il crut devenir fou. Enfin, elle fit tomber son pantalon. Sous le coton de son boxer se dessinaient les contours de son sexe dressé, qui parurent fasciner Sierra. Arrimant son regard au sien, il abaissa le sous-vêtement jusque sur ses chevilles. Son érection à l'air libre, elle en approcha la main, sans oser l'effleurer.

Il ferma les yeux pour mieux se maîtriser. Au fil des ans, il avait eu des relations avec des femmes somptueuses, toujours expérimentées, fières de leur expertise et confiantes en elle. Mais toutes disparurent de son esprit comme si elles n'avaient jamais existé quand Sierra posa ses doigts timides sur lui.

— Tu es très beau, chuchota-t-elle, avant de s'écarter légèrement et de défaire les lacets de ses chaussures.

Quand, enfin, il fut entièrement nu et libre de ses mouvements, il l'attira à lui et l'embrassa avec une infinie tendresse.

Un gémissement de plaisir échappa à Sierra, et il approfondit son étreinte, caressant ses seins avec une langueur étudiée, tandis qu'elle se tortillait contre lui. Quand il eut la certitude qu'elle se consumait de désir autant que lui, il la plaqua contre la baie vitrée.

— Marco… Tout le monde peut me voir, de dehors !

— Nous sommes beaucoup trop hauts, susurra-t-il d'une voix de velours en lui retirant son string, avant de faire remonter ses doigts le long de ses cuisses et de les écarter d'un geste autoritaire.

Il s'agenouilla. Elle ferma les yeux, plaquant une joue brûlante contre la vitre froide, pendant qu'il insinuait sa langue dans les replis de son sexe humide. Il aimait la douceur de sa fine toison mordorée sur son visage, le parfum aphrodisiaque de son désir.

— Oh ! Marco…

Ses gémissements s'entrecoupaient de halètements, à mesure qu'il agaçait la chair si sensible de son clitoris, attisant son envie de lui offrir le plus intense des plaisirs.

Des sensations exquises fusaient en elle. Le souffle court, elle s'abandonnait aux attentions expertes de Marco, indifférente à l'idée d'être entièrement nue contre la vitre panoramique, car jamais elle n'avait fait l'expérience d'une telle intimité avec un être humain. Avec Marco, tout devenait possible.

Son corps vibrait et, quand des vagues de plaisir de plus en plus fortes montèrent en elle, elle poussa un cri en attendant l'explosion. Alors, son sang se changea en lave, et un million d'étincelles la traversèrent de la tête aux pieds.

L'extase avait été si puissante que ses tempes martelaient, et qu'elle crut que son cœur avait cessé de battre. Les jambes coupées, elle allait s'écrouler quand il la prit dans ses bras pour la porter jusqu'au premier étage.

Une fois dans sa chambre, il la déposa sur le matelas comme si elle était un précieux trésor, avec tant de précautions qu'elle en fut émue, avant de s'allonger à côté d'elle.

Quand sa fièvre retomba un peu, et qu'elle eut assez

de force pour se retourner, elle le contempla. Il était si beau… Son sexe en érection la fascinait.

— Marco… Je veux que tu viennes en moi, murmura-t-elle.

Il se redressa et plongea ses yeux brillants dans les siens. Sans mot dire, il se pencha sur ses lèvres pour les happer d'un baiser très doux, un baiser qui se mua bientôt en étreinte tourmentée et suffocante, jusqu'à ce qu'il bascule sur elle de tout son poids et demande :

— Tu en es sûre ? Tu es prête ?

— Oh, oui.

Alors, d'un puissant coup de reins, il la pénétra, et elle étouffa un cri. Seigneur, c'était si étrange… Elle se sentait comme *remplie* ; *envahie*, mais de façon excitante. Il allait s'enfoncer davantage quand une douleur soudaine la traversa et elle ne put réprimer une grimace.

Marco s'interrompit aussitôt et la regarda droit dans les yeux.

— Sierra ?…

— Ça va, dit-elle très vite. Je t'assure. Donne-moi juste une seconde.

Elle déglutit avant d'enchaîner :

— Vas-y… Viens lentement.

Il fronça les sourcils.

— Il y a quelque chose qui… que… Sierra !

Une expression stupéfaite et outrée s'imprima sur ses traits.

— Pourquoi ne m'as-tu rien dit ?

— Je… je ne sais pas, avoua-t-elle.

— Tu… Je t'ai fait mal ?

— Non, au contraire ! Je t'en supplie… Continue.

Il entama un va-et-vient si lent qu'elle oublia le premier instant de douleur, tant le plaisir l'assaillait. La brûlure exquise faisait place à un océan de sensations divines, électrisantes, bouleversantes. Peu à peu, elle se mit à bouger en accord avec lui, et enroula ses cuisses autour de ses reins pour qu'ils ne fassent plus qu'un.

Des ondes inconnues traversaient sa chair, des élans primitifs l'entraînaient dans un torrent d'extase. C'était comme s'il s'enfonçait chaque fois un peu plus loin, comme si elle l'aspirait encore et toujours davantage. Lorsqu'il accéléra le rythme, le volcan qui s'était réveillé en elle menaça d'entrer en éruption. Ce phénomène inouï n'était pas purement physique, impossible ; c'était charnel et spirituel, car jamais elle n'aurait pu éprouver des sensations pareilles dans les bras d'un autre homme. Et elle avait l'intuition qu'il ressentait la même chose. Des larmes lui montèrent aux yeux.

— Oh ! Marco, Marco…

Au bord du gouffre, elle arrima son regard au sien quand ils atteignirent en même temps la cime du plaisir.

Bouleversée par l'intensité de ce qu'elle venait de vivre, elle retomba sur le matelas, et il l'attira au creux de son épaule. Un moment après, tandis que leurs cœurs battaient toujours à l'unisson et qu'ils reprenaient leur respiration, elle poussa un long soupir. Il fallait qu'elle se ressaisisse, sinon, elle allait pleurer devant lui.

Il effleura sa tempe d'un baiser et murmura :

— C'était incroyable.

— Vraiment ? demanda-t-elle, tremblante.

— Tu me poses sérieusement la question ? s'enquit-il, amusé, en l'embrassant encore avec tendresse.

— Eh bien… Je n'ai pas une grande expérience de ce genre de choses, comme tu l'as compris.

— Sierra, chuchota-t-il en se penchant au-dessus d'elle. Tu aurais dû me prévenir.

Elle haussa les épaules.

— Le moment était mal choisi.

— Je ne vois pas quel meilleur moment tu aurais pu trouver, objecta-t-il. Tu es certaine que ça va ? Tu… tu n'as pas de regrets ?

Elle secoua la tête en signe de dénégation.

— Non, assura-t-elle.

Il plissa les yeux et la considéra longuement.

— Dans ce cas, pourquoi as-tu l'air prête à pleurer ? la questionna-t-il.

— Parce que c'était trop ! avoua-t-elle, une larme roulant sur sa joue.

D'un geste agacé, elle l'essuya aussitôt et précisa :

— Pas sur le plan physique. Je… je ne parle pas du plaisir que j'ai éprouvé.

— Tu en as eu ? Pour de bon ?

— Tu le sais bien. Tu l'as senti.

— Oui, admit-il en souriant. Alors qu'est-ce qui ne va pas ?

Vraiment, il ne comprenait pas ? Elle s'était donc trompée ? Cette tempête, cette communion intime, cette union de leur chair, mais aussi *de leurs âmes*… Elle avait été la seule à la ressentir ?

La blessure était trop vive. C'était comme si elle venait d'offrir ce qu'elle avait de plus précieux à un homme qui ne voyait même pas de quoi il pouvait s'agir. Et cette fois, à cause de cette prise de conscience, elle risquait de ne jamais le lui pardonner. Elle se sentit infiniment vulnérable, niée, réduite à néant.

— Il faut que j'aille dans la salle de bains, dit-elle en se levant, passant devant lui pour se réfugier ailleurs et donner libre cours à son chagrin.

En silence, bien sûr.

Interdit, Marco regarda Sierra partir se barricader dans la salle de bains. Il n'y comprenait *rien*. Que diable se passait-il ? Il venait de connaître l'expérience la plus extraordinaire de toute sa vie, et sa partenaire était près de fondre en larmes.

Pourtant, malgré la surprise qu'il avait eue en découvrant sa virginité, il était certain qu'elle avait éprouvé du plaisir. Une douleur au début, bien sûr, mais jamais elle n'aurait pu répondre à ses caresses et s'offrir ainsi à leur corps-à-corps si elle n'avait pas ressenti des sensations aussi exquises que les siennes.

De plus, il était conscient de l'avoir touchée à un niveau plus émotionnel, il avait perçu la même chose. Alors pourquoi ? Refusait-elle de nouer ce genre de lien avec lui ?

La réponse semblait évidente. Il étouffa un juron, se leva et alla enfiler un boxer. Ils étaient allés beaucoup trop loin. Leur étreinte avait scellé entre eux une intimité qui les engageait bien au-delà de ce qu'ils étaient prêts à partager, car ils avaient un accord tacite : leur relation était une passade, un plaisir sans lendemain.

Mais leurs chairs avaient décidé de conclure un pacte bien différent…

Il se sentit furieux à l'idée qu'elle regrette ce qui venait d'arriver. Et cette colère était semblable à une autre, qui datait de sept ans… Il poussa un soupir. Cette fois, ce n'était pas elle qui tournerait le dos à leur histoire. Il serait contraint d'assumer ce rôle.

Vingt minutes plus tard, en émergeant de la salle de bains, Sierra avait recouvré ses esprits. Ou plutôt, elle s'était enveloppée dans l'armure glacée qui la protégeait autrefois des accès de rage de son père. Etrange qu'elle ait recours au même stratagème en compagnie de l'homme avec lequel elle partageait la relation la plus étroite et la plus franche de sa vie.

Adossé à plusieurs oreillers, Marco était toujours au lit.

— Tu te sens mieux ?

— Oui, merci, marmonna-t-elle, mal à l'aise.

— Tu comptes bien revenir à côté de moi, n'est-ce pas ?

— Euh… Je pensais qu'il valait mieux que je passe la nuit dans ma chambre.

Il fronça les sourcils.

— Pourquoi est-ce que cela vaudrait mieux ?

Elle déglutit avec difficulté et expliqua :

— Je suppose que tu as besoin d'espace… Et puis, étant donné la relation qui est la nôtre, dormir ensemble n'est probablement pas approprié.

Il écarquilla les yeux.

— C'est-à-dire ? Quelle est notre relation ?

Cette fois, elle afficha un air agacé.

— Tu le sais bien, Marco : une simple aventure.

Un long silence pesa dans la pièce. Enfin, il hocha la tête, et elle sentit son cœur se briser.

— Certes, acquiesça-t-il. Et alors, quand un homme et une femme ont une aventure, il leur est interdit de dormir ensemble ? Tu es censée jaillir hors de mon lit comme si tu venais d'être scalpée, et te barricader dans la pièce attenante ?

Elle le considéra avec étonnement, mais comprit qu'il avait été blessé qu'elle se précipite loin de lui. Radoucie, elle rétorqua avec ironie :

— Excuse-moi, je ne connais pas le règlement. Tu vois bien que c'est nouveau pour moi.

— Pour moi aussi, Sierra. Aucune autre femme ne m'a fait éprouver ce que j'ai ressenti cette nuit avec toi.

A ces mots, le soulagement, la joie et l'émotion lui

étreignirent le cœur et elle s'empressa de le rejoindre entre les draps pour se blottir contre lui.

A peine eut-elle lové sa tête au creux de son épaule qu'elle s'aperçut qu'elle était exactement là où elle voulait être. C'était un sentiment délicieux, qui la consolait du tumulte d'émotions dont elle venait de faire les frais.

Savourant le parfum de sa peau, elle ferma les yeux. Avant de s'endormir, elle eut le temps de se demander comment une simple aventure pouvait provoquer un chaos intérieur aussi absolu.

Marco s'éveilla en plissant les paupières, aveuglé par la lumière dorée du soleil qui filtrait à travers la grande fenêtre. Sierra avait un bras sur sa poitrine ; lovée contre lui, elle dormait. Ils avaient passé la nuit entrelacés, et il se rappela avoir songé que c'était délicieux. A aucun moment, il n'avait eu envie de bouger ; au contraire ; il aurait aimé rester ainsi, près de Sierra, pour l'éternité.

Empli d'un certain malaise à ce souvenir, il roula de côté pour se lever. Puis il alla dans la cuisine faire du café et descendit au salon. Durant un long moment, il contempla distraitement le lever du jour sur les cimes des gratte-ciel, les jeux du soleil sur les feuilles des arbres de Central Park.

Enfin, il se rendit à l'évidence : cette relation devait prendre fin le plus tôt possible. Il fallait que Sierra parte. Son avion devait l'emporter en début d'après-midi, c'était donc parfait. Il l'embrasserait, lui dirait au revoir et… Et il faudrait bien qu'il tourne la page.

A cette idée, un haut-le-cœur le saisit, et il serra les poings. C'était *impensable*, inenvisageable, il en était conscient. Pour rien au monde il ne voulait la voir partir, et il se sentait incapable de tourner cette fameuse page.

Pourquoi ? Parce que… c'était trop tôt. Une autre raison s'imposait à lui, mais il la congédia avec humeur.

Exaspéré par le désordre de ses émotions, il décida de se focaliser sur son travail. Il attrapa son ordinateur, l'alluma et consulta la rubrique d'actualités liée aux événements new-yorkais. Rapidement, il tomba sur un premier compte rendu de l'inauguration du Rocci. Il était publié sous la bannière d'un tabloïd tristement célèbre, et son titre le fit frémir :

DES RETROUVAILLES CHEZ LES ROCCI ?

Fébrile, il parcourut l'article et s'aperçut qu'il ne concernait la cérémonie d'ouverture que de très loin. Le fond traitait avant tout de Sierra et de lui. Ils apparaissaient même sur un cliché un peu flou, joue contre joue, dont la légende disait : « Les deux amants de jadis vont-ils, à coups de chassé-croisé, se retrouver pour de bon sur la piste de danse ? »

Marco sentit sourdre en lui une fureur indescriptible. Comment était-ce possible ? Il avait personnellement veillé à ce qu'aucun paparazzi ne puisse entrer ! Ne restait qu'une hypothèse : quelqu'un avait pris cette mauvaise photo avec un téléphone pour la vendre à la presse.

— Marco ?

Levant les yeux, il vit la jeune femme au pied de l'escalier. Elle était enveloppée dans un peignoir portant le logo de l'hôtel, les cheveux lâchés sur ses épaules. Si elle était plus attirante que jamais, elle semblait aussi très nerveuse.

— Oui ? Quelque chose ne va pas ? demanda-t-il.

— C'est la question que je me posais, répondit-elle. Tu as l'air contrarié…

Il soupira et l'invita à le rejoindre sur le canapé.

— Je crois que nous avons suscité beaucoup d'attention. Regarde, il y a même une photo.

Elle haussa les sourcils et examina le cliché, avant de relever vers lui des yeux abasourdis.

— Je ne comprends pas… Tu es si célèbre que ça ?

— Pas seul, non : c'est toi et moi. A cause de notre histoire.

— Tu veux dire que…

L'air profondément troublé, elle lut l'article sur l'écran. Puis elle plaqua les mains sur ses joues, atterrée.

— Je suis vraiment navrée, Marco. Il y a sept ans, je n'ai pas imaginé une seconde que la rupture de nos fiançailles pourrait faire couler de l'encre. Est-ce que… tu en as souffert ?

Il fit la moue.

— Je suis un homme discret et ce n'est pas l'histoire la plus flatteuse que l'on puisse colporter à mon sujet… C'est désagréable, oui, mais je n'en ai jamais été blessé.

— Et l'article d'aujourd'hui ?

— Ce que racontent ces vautours ne m'intéresse pas.

Il lui sourit.

— Bon. Si tu n'y vois pas d'inconvénient, je vais remonter faire ma valise, déclara-t-elle.

Elle se relevait déjà, mais il lança d'un ton vif :

— Si !

Elle resta immobile.

— Pardon ?…

— Si, j'y vois un inconvénient, répéta-t-il, ferme et déterminé. Ne pars pas tout de suite. Ecoute, je dois m'en aller dans trois jours… Nous pourrions rentrer en Europe ensemble, qu'en penses-tu ?

Elle le fixa avec intensité, sans pourtant trahir aucun sentiment.

— Marco, l'inauguration a eu lieu, tu n'as plus besoin de moi.

— Qu'est-ce que trois jours de plus ? insista-t-il. Et nous passons des moments agréables, tous les deux, non ?

— Oui, mais… je travaille, tu sais.

— Pourquoi ne pas reporter tes leçons à la semaine prochaine ? Je suis certain que c'est possible, avec les vacances scolaires.

Elle demeura silencieuse.

— S'il te plaît, plaida-t-il encore. Trois jours.

Et trois nuits. Une heure plus tôt, il voulait la renvoyer à Londres au plus vite. Et maintenant, il devenait fou à l'idée qu'elle s'en aille. Il perdait sans doute la raison, mais, en cet instant, une seule chose importait : qu'ils passent encore un peu de temps ensemble. Ensuite…

Ensuite, il se lasserait. *Forcément*. C'était son dernier espoir.

— Bon, d'accord, répondit-elle. Trois jours. Si tu me promets que nous rentrerons bien à ce moment-là.

Soulagé, il acquiesça.

Elle était si belle, dans ce peignoir trop grand… La peau nue de ses jambes le faisait saliver.

— C'est promis. En attendant, tu es toute à moi.

11.

Ils avaient fait l'amour, avant de partir se promener sur les quais, sur la pointe sud de Manhattan. Puis ils étaient rentrés et s'étaient remis au lit…

Sierra en avait la tête qui tournait, mais, dans son cœur, un sentiment de félicité s'épanouissait peu à peu. Marco était merveilleux, veillant toujours à son bien-être et plein d'attentions.

Après leur dernière étreinte, ils avaient pris une douche et se préparaient à partir dîner dans Chinatown quand le téléphone de Marco sonna.

L'entendant discuter un long moment avec son interlocuteur, Sierra devina qu'il devait aller rejoindre quelqu'un sur-le-champ, quelque part en ville. Lorsqu'il raccrocha, il la fixa d'un air sombre.

— Je suis vraiment désolé, dit-il. Tu vas me maudire…

— Bien sûr que non. J'ai compris, ce n'est pas grave.

— Il faut que j'aille à ce rendez-vous, je n'ai pas le choix. C'est un investisseur important pour mon projet en Californie, et il repart demain matin. Mais je ne serai pas long.

— Aucun problème, répondit-elle, cachant sa déception.

Marco était un homme d'affaires. Il lui avait accordé toute la journée et, même si elle se réjouissait de leur dîner en tête à tête, elle comprenait qu'il ne puisse faire l'impasse sur un entretien important.

— C'est vraiment gentil de ta part, dit-il avec chaleur. Crois-moi, si j'avais pu reporter…

— Je le sais, détends-toi.

Elle le regarda enfiler un costume gris clair et nouer une cravate bleue sur sa chemise noire.

— Commande ce que tu veux au service d'étage, dit-il une fois prêt à partir. Ou à un restaurant. Je t'ai laissé le numéro dans la cuisine.

— D'accord. A tout à l'heure.

Un moment plus tard, seule dans l'immense salon avec vue sur la ville, elle songea qu'elle ne supporterait pas de rester dîner sans aucune compagnie dans cet endroit vide. Le départ imprévu de Marco l'avait plongée dans une humeur chagrine qu'elle chasserait en se promenant dans les rues de Manhattan.

Elle alla chercher son guide de New York, le fourra dans son sac et prit sa veste avant de partir à l'aventure.

L'hôtel étant officiellement ouvert, les premiers clients étaient arrivés dans l'après-midi et, ce soir, le hall d'entrée ressemblait à une ruche. Elle en fut heureuse pour Marco ; à l'évidence, ce gala avait été un succès.

Quelques personnes la reconnurent quand elle passa devant l'accueil, mais elle n'y prit pas garde. L'article du tabloïd l'avait étonnée ; elle jugeait toutefois qu'il était sans importance. Dès demain, tout le monde l'aurait oublié.

Elle longea le parc et remonta jusqu'à la place de Columbus Circle, côté ouest. Le soleil se couchait, la circulation se faisait moins dense, et elle explora les rues adjacentes, grouillantes de travailleurs, de touristes et de promeneurs cherchant une bonne table.

Ayant déniché un petit bistro à la française, elle poussa la porte et s'y installa. Quand le serveur lui tendit le menu, elle songea avec stupéfaction qu'il lui faudrait une dizaine de minutes pour lire tout ce qui était inscrit à la carte !

Elle avait une faim de loup. Sans doute parce qu'elle avait fait l'amour presque toute la journée, se rappela-t-elle en souriant. Après avoir longuement hésité, elle commanda un steak accompagné de pommes de terre sautées.

Elle prit son temps pour manger, en profitant pour parcourir quelques chapitres de son guide sur l'histoire de Manhattan, puis, son plat fini, dégusta une coupe de fraises. Elle venait tout juste de sortir du restaurant quand un journaliste l'accosta.

— Excusez-moi... Vous êtes bien Sierra Rocci ?

— Oui ? répondit-elle sans réfléchir.

Le flash l'aveugla, et elle grimaça.

— Pourquoi êtes-vous seule ? reprit l'importun. Avez-vous eu une querelle d'amoureux, Marco Ferranti et vous ? Est-il exact que vous partagez la même suite ? Pourquoi lui avez-vous fait faux bond il y a sept ans et...

— Je ne ferai aucun commentaire, le coupa-t-elle sèchement avant de reprendre sa route.

Mais l'homme s'acharna et courut dans son sillage.

— Ferranti vous aurait-il trompée ? Et vous, l'avez-vous trompé ? Vos retrouvailles sont-elles un simple arrangement d'affaires ?

Sierra décida de semer ce moulin à paroles, et emprunta un chemin beaucoup plus long, descendant Broadway au lieu de revenir vers le parc.

Puis, comme il la continuait à la traquer, une certaine angoisse commença à la gagner. Elle se mit à courir dans la ville, un peu au hasard. Elle était une bonne joggeuse, mais, bientôt, elle sentit la sueur lui perler au front. Dire qu'elle avait pensé que la presse à scandale était juste un désagrément... Ces gens étaient fous.

Au bout d'un moment, elle finit par se cacher sous le porche d'un immeuble et attendit. Au bout de cinq minutes sans apercevoir son poursuivant, elle souffla. Il devait avoir lâché prise.

Tant bien que mal, elle retrouva son chemin et poussa un soupir de soulagement en franchissant le seuil de l'hôtel.

Un peu rassérénée, même si son cœur battait toujours la chamade, elle monta dans l'ascenseur. Elle parvint devant la porte de la suite, ravie d'être définitivement à l'abri, fit jouer la clé dans la serrure… et manqua de pousser un cri.

Dans le noir, au beau milieu du salon, Marco se tenait devant elle, les bras croisés et ses yeux lançant des éclairs.

— Bon sang, où étais-tu passée ? tonna-t-il d'une voix méconnaissable.

Marco était fou d'inquiétude.

En rentrant au penthouse, il s'était attendu à trouver Sierra dans son lit, impatiente et prête à faire l'amour… Au lieu de quoi, quand il l'avait appelée, seul l'écho de sa voix lui avait répondu ; alors, il l'avait cherchée, de l'étage au rez-de-chaussée, du rez-de-chaussée à l'étage, en vain. Affolé, il avait téléphoné au concierge. Lorsque celui-ci lui avait révélé que sa compagne était partie quelques heures auparavant, une vieille panique s'était ranimée en lui. Certes, les affaires de la jeune femme étaient toujours là, mais cela ne voulait rien dire : sept ans plus tôt, quand elle s'était enfuie, elle n'avait pratiquement rien emporté.

L'histoire se répétait de façon caricaturale, avait-il songé, anéanti. Sa vie était une suite d'abandons sans fin, *sans explications* ; son père ; puis sa mère ; puis Sierra. Et aujourd'hui, comme il aurait dû s'en douter depuis le début, elle recommençait.

Mais aujourd'hui, à la différence d'autrefois, le désespoir ne l'emporterait pas sur la colère. Et maintenant qu'elle était devant lui, il comptait bien lui faire comprendre que *personne* ne le traiterait plus ainsi.

Jamais !

— Eh bien ? reprit-il d'une voix vibrante de rage. Puis-je avoir une réponse ?

— Non.

Seul ce mot glacial et clair sortit de ses lèvres, et elle le considéra avec mépris avant de le contourner.

— Comment, non ? gronda-t-il. Tu disparais pendant des heures, et tu refuses de me dire où tu as été ?

— Je ne te dois rien, Marco, lâcha-t-elle d'un ton cassant, par-dessus son épaule.

— Pas même une explication ? insista-t-il.

— Non, répondit-elle en gravissant l'escalier. Pas même cela.

Son sang ne fit qu'un tour et, de plus en plus gagné par la colère, il la suivit et la trouva dans sa chambre, en train de ranger ses vêtements dans son sac de voyage.

— Où vas-tu ? demanda-t-il.

— Chez moi. A Londres.

Cette réponse décupla son sentiment d'impuissance et de rage.

— Bon sang, Sierra !

Il explosa et leva violemment les bras — pour quoi faire ? Poser une main sur son épaule, lui reprendre les vêtements, lui arracher ce sac… Il ne le savait pas, mais il s'immobilisa tout net quand, d'un geste instinctif, la jeune femme leva un bras pour se protéger la tête. Comme s'il avait eu l'intention de la frapper.

Sa colère retomba en une seconde. Il comprit son erreur : en plein choc, il était allé beaucoup trop loin. Une absence de quelques heures ne méritait pas une réaction pareille… Et Sierra était libre.

— Tu avais déjà prévu de rentrer à Londres quand tu es revenue ici ce soir ? demanda-t-il d'un ton calme.

Elle lui décocha de nouveau un de ces regards froids qui lui transperçaient le cœur.

— Non, dit-elle.

— Je… je suis désolé, je n'aurais pas dû me mettre dans une telle colère.

Elle haussa les épaules, comme si cela n'avait aucune importance.

— Sierra… Tu as fait un geste, comme si…

Il hésita d'abord à verbaliser l'intuition qu'il venait d'avoir, pourtant… il se rappela son expression terrifiée. Jamais il n'avait vu cela sur son visage, auparavant.

— Comme si quoi ? lui lança-t-elle, d'un ton de défi.

— Comme si tu croyais que j'allais… te frapper.

Voilà. C'était dit.

— Non, je sais que tu ne le ferais pas, mais… les vieilles habitudes ont la peau dure.

— Que veux-tu dire ?

Elle secoua aussitôt la tête.

— Je n'ai pas envie d'en discuter.

— Comment peux-tu dire cela ? protesta-t-il, sincèrement choqué. Cela pourrait être la conversation la plus importante que nous aurons jamais…

— Oh ! Marco…

Elle leva les yeux, et il y lut un profond désarroi. Ainsi que le renoncement.

— J'aurais tant aimé que ce soit possible, mais…

— Mais quoi ? interrogea-t-il, de plus en plus désarçonné par son attitude. Enfin, Sierra, comment peux-tu refuser de me parler ? Est-ce que… Est-ce qu'un homme a osé lever un jour la main sur toi ?

Le silence qui suivit fut si long qu'il en trembla. Il pouvait à peine respirer.

Enfin, elle plongea ses grands yeux gris-bleu dans les siens.

— Oui, souffla-t-elle.

La colère qui rejaillit en lui était maintenant d'une nature bien différente. Car aussitôt, il sut qu'elle ne s'éteindrait jamais. Tant qu'il vivrait, il la sentirait en lui, à la pensée qu'un être avait osé abuser physiquement de Sierra. Et en cet instant, il ne songeait qu'à une chose : trouver ce monstre et le tuer.

— Qui ? siffla-t-il entre ses dents. Qui a fait ça ? Un petit ami ?

— Non, répondit-elle d'une voix lasse. Mon père.

Sierra le vit cligner des yeux et comprit qu'il ne la croyait pas. Elle se remit à ranger ses affaires.

Elle ne partait pas seulement à cause de sa réaction aussi disproportionnée qu'inattendue, bien sûr que non. Elle s'en allait avant de devenir semblable à sa mère, car elle venait de s'apercevoir qu'elle en prenait le chemin : quel était ce spleen qu'elle avait ressenti, seule dans le penthouse, quand Marco l'avait laissée ? Elle n'oublierait jamais combien Violet était malheureuse, loin de celui qui lui faisait tant de mal. Alors qu'elle s'était juré de ne jamais dépendre d'un homme pour son bonheur, elle devait constater qu'elle s'était engagée dans cette voie. Et après avoir éprouvé une solitude pénible sans lui, elle avait retrouvé un homme ivre de fureur. La démonstration était assez claire, heureusement, elle était capable de reprendre ses esprits avant qu'il ne soit trop tard.

— Ton père ? répéta-t-il d'un ton dur. Arturo ? Non.

— Je savais que tu ne me croirais pas.

Il tremblait et semblait tellement perdu qu'elle ressentit presque de la pitié pour lui.

— Mais…, dit-il avant de s'interrompre.

Elle alla plier la robe qu'elle avait portée la veille.

— Sierra, attends, plaida-t-il en lui saisissant avec précaution le poignet.

Blanc comme un linge, il la fixa un long moment avant de reprendre :

— Tu sais que jamais, *jamais* je ne pourrais te faire de mal ?

— Oui, je le sais.

Mais la peur n'était pas maîtrisable. Elle en faisait aussi la douloureuse expérience. Il lui était très difficile — peut-être impossible — d'accorder sa confiance à un homme, après l'enfance qui avait été la sienne.

Elle se libéra de son emprise.

— Tu permets ? dit-elle d'une voix sèche, avant de se remettre à faire son sac.

Il ne répondit pas, mais insista :

— Tu veux dire… Il te battait ?

— Tu as vraiment besoin d'un développement ?

— Oui. Sierra, ton père a été extrêmement bon pour moi. Je l'ai aimé, j'ai cru en lui et je lui ai fait confiance. Alors oui, j'ai besoin que tu m'en dises davantage.

Une colère sourde s'empara d'elle, et elle se retourna vivement.

— Vraiment ? Très bien, je vais t'expliquer, puisque tu ne comprends pas, lança-t-elle d'une traite. Mon père me frappait. Souvent. Il battait également ma mère. Il jouait au gentil papa en public, il se donnait l'image d'un mari parfait, mais en privé, il nous malmenait aussi bien sur le plan affectif que physique : gifles, coups de poing, coups de pied, insultes ; il nous rabaissait, nous faisait du chantage, nous traitait plus bas que terre. Il se trouve que ma mère l'aimait malgré tout cela… Je ne l'ai jamais compris. Elle ne tolérait pas d'entendre prononcer un mot contre lui, même si elle faisait tout ce qu'elle pouvait pour me protéger de ses accès de rage.

Livide, Marco secoua la tête.

— Non…

— Je me fiche que tu me croies ou pas, assena-t-elle, bien que ce fût un mensonge. Au moins, maintenant, je te l'ai dit. Et tu le sais, même si tu refuses de l'admettre.

Elle ferma son sac et se leva.

— Je t'en prie, Sierra, ne pars pas… Pas comme ça !

— Pourquoi devrais-je rester ?

— Parce que je le souhaite. Parce que nous avons vécu des moments fabuleux. Parce que tu peux comprendre que ce que tu me dis est un vrai choc pour moi… Ce n'est pas que je ne te croie pas, mais donne-moi un peu de temps pour absorber une révélation pareille. S'il te plaît.

Sa franchise l'apaisa. Il avait raison, la fuite n'était pas la solution la plus judicieuse… Ne le savait-elle pas depuis des années ?

— Très bien, dit-elle en s'asseyant sur le lit.

Il vint s'installer à côté d'elle et demanda, après un long moment de silence :

— Pourquoi ne m'as-tu jamais rien dit ?

— Tu m'aurais crue ? Tu m'en voulais à mort, Marco.

— Je veux dire, avant… Il y a sept ans.

— Tu étais déjà son bras droit.

— Sans doute, mais j'allais devenir ton mari. Comment aurions-nous pu vivre ensemble avec un tel secret entre nous ?

— C'est justement pour cette raison que je suis partie, soupira-t-elle.

— Je ne comprends pas, Sierra…

Il fit courir une main dans ses cheveux, et elle ne put s'empêcher de contempler ce bras au creux duquel elle avait passé toute la nuit, heureuse, rassurée, le cœur empli de confiance.

— Dans ce cas, ajouta-t-il, pourquoi diable avais-tu accepté de m'épouser ?

Elle se mordit la lèvre. Il fallait pourtant lui dire la vérité.

— Pour fuir la maison de mon père.

Elle vit à son visage qu'il accusait le coup, puis il la considéra avec chagrin.

— C'était la seule raison ?

— Non, mais… c'était la principale.

Il s'essuya le front, se leva et traversa la pièce. Parvenu sur le seuil, il se retourna pour demander :

— Tu as toujours l'intention de partir ?

— Je ne sais pas quoi faire, Marco, avoua-t-elle, d'une voix nouée de sanglots réprimés.

Elle détestait être dans cette position devant lui, mais elle avait le plus grand mal à contenir les larmes qui lui montaient aux yeux.

Il revint vers elle et la prit dans ses bras.

— Sierra, *cara*… Je suis désolé. Je me suis comporté comme un imbécile. Pendant un instant, j'ai cru que tu avais disparu définitivement… Comme il y a sept ans. J'ai cédé à la panique. Pardonne-moi. Pardonne-moi et reste, jusqu'à ce que nous parvenions à régler tout ça.

Seigneur… Oui, elle comprenait pourquoi il avait eu l'air si désespéré. Et elle avait honte. C'était sa faute. Malgré cela, il lui demandait pardon…

— Comment ? interrogea-t-elle d'une voix brisée par le chagrin. Je sais ce que mon père a représenté pour toi… Et moi, je le hais. Je le hais depuis toujours.

Elle fondit en larmes, et il l'attira tendrement, caressant ses cheveux, déposant de doux baisers sur son front, la berçant.

Ils restèrent enlacés un long moment, et la chaleur de

Marco, sa gentillesse, sa patience lui rendirent bientôt courage.

— Je… je suis désolée, balbutia-t-elle en relevant vers lui un regard éploré. Je devrais mieux me contrôler…

— Ne dis pas de bêtises, tu avais besoin de pleurer. Tu as souffert, Sierra, au-delà de tout ce que j'aurais pu imaginer. Viens, allons au salon. Je vais nous servir un verre, et tu me raconteras.

Elle hésita.

— Je ne saurais pas par où commencer…

— Tu commenceras où tu voudras, dit-il en lui prenant la main.

12.

Assise près de Marco sur le canapé, un verre de whisky en main, Sierra eut d'abord du mal à trouver les mots justes. Elle lui raconta comment son père l'avait frappée pour la première fois quand elle avait quatre ans. La joue cuisante de cette gifle, elle s'était alors demandé ce qu'elle avait fait de mal et il lui avait fallu plusieurs décennies pour trouver la réponse à cette question : rien.

Elle lui décrivit aussi le père jovial qu'il pouvait être, qui la faisait sauter dans ses bras, ainsi que ces moments précieux où il l'appelait sa princesse et les couvrait de cadeaux, sa mère et elle.

— Il a fallu que je sois beaucoup plus grande pour me rendre compte qu'il se comportait ainsi uniquement en présence de quelqu'un d'étranger à la famille.

— Et quand vous étiez tous les trois ? Il était toujours…

— Pas toujours, mais si souvent que j'ai fini par tenter de me cacher chaque fois qu'il était là. Cela le mettait dans une rage noire ; un monstre n'aime pas voir son reflet dans un miroir.

— Et après ? Quand tu as grandi ?

— J'ai très vite su que je devais fuir, expliqua-t-elle, que ma mère ne le quitterait jamais. Je la suppliais de le faire, mais elle refusait et se mettait en colère. Elle l'aimait… Je n'ai jamais compris ça. Bien sûr, à l'extérieur, il était charmant, mais dès qu'ils étaient seuls, il fallait voir comment il la traitait…

— Alors pourquoi ne t'es-tu pas enfuie ?

Elle s'esclaffa.

— Ce n'était pas si simple !

— Je m'en doute, mais j'essaie juste de comprendre.

Elle releva les yeux vers lui.

— Marco, tu me crois ?

— Bien sûr que je te crois. Même si c'est une douleur terrible pour moi…

— Parce que tu l'aimais, souffla-t-elle.

Il hocha la tête.

— Sierra, je t'ai raconté comment mon père a disparu de ma vie, mais il faut que je te dise… Ma mère m'a abandonné, elle aussi.

— Quoi ? s'écria-t-elle, épouvantée.

— Attends, ne t'alarme pas… j'ai très bien compris qu'elle n'avait pas le choix : elle ne pouvait plus m'élever, et elle a préféré s'assurer que je pourrais grandir dans des conditions convenables. Je te raconte cela parce que c'est à l'époque où j'ai commencé à travailler comme garçon d'étage que ton père m'a repéré. Il a vu que j'avais de l'ambition et il m'a confié un poste de cadre junior alors que je n'avais que dix-sept ans. En quelques années, j'ai gravi les échelons, et tu connais la suite. Il m'a accepté, moi, un fils de rien, un gamin des rues. Il m'a encouragé, m'a donné ce que mon père ne m'avait jamais donné. Découvrir aujourd'hui que l'homme que je tenais en si haute estime a fait ton malheur et celui de ta mère, c'est…

Il s'interrompit avant de conclure :

— Ça fait mal, je ne peux pas prétendre le contraire, mais je te crois.

Il observa encore un bref silence.

— Dis-moi…, lui demanda-t-il soudain. Alors que tu

pensais avoir trouvé le moyen de fuir la maison de ton père en m'épousant, pourquoi as-tu reculé ?

Elle le regarda.

— Marco, à l'époque, j'étais si jeune… Je te l'ai déjà expliqué, tu m'avais éblouie. Tu me faisais chavirer le cœur. Mais lorsque j'ai surpris cette conversation entre vous, j'ai compris… Enfin, j'ai cru que… vous étiez trop proches. Je ne pouvais pas courir le risque de le fuir pour me retrouver liée à un homme qui pouvait lui ressembler. Quand j'ai dit à ma mère que je refusais ce mariage, elle m'a donné le peu d'argent qu'elle avait. C'est ainsi que je suis partie en Angleterre, où j'ai vécu quelque temps chez une amie à elle.

— Eh bien… Tant d'efforts pour fuir le plus loin possible de moi.

Sierra entendit le chagrin et l'amertume dans sa voix, et observa un long silence. A bien des égards, Marco et elle étaient semblables. Leurs parcours respectifs se rencontraient dans certains schémas : l'indifférence du père de Marco, la cruauté du sien ; la faiblesse de sa mère, celle de la sienne. Et les cicatrices laissées par ces blessures d'enfance étaient trop profondes pour guérir.

— Tu veux aller te coucher, *cara* ?

— Oui. Dans tes bras.

Ils remontèrent sans mot dire, et elle se blottit dans sa chaleur.

Elle l'aimait. Elle le savait, et elle n'avait plus l'intention de se mentir. Elle était éperdument amoureuse de lui. Mais elle avait toujours peur.

Et leur passé les condamnait.

Il fallait qu'elle s'en aille.

Elle partirait le lendemain matin.

Elle l'avait quitté.

Il était 9 heures quand Marco s'en aperçut. Cette fois, il ne se trompait pas : son sac avait disparu de sa chambre, de même que sa brosse à dents et sa trousse de toilette dans la salle de bains…

En toute hâte, il enfila les premiers vêtements qui lui tombèrent sous la main et sortit du penthouse. Avec un peu de chance, en partant tout de suite, il parviendrait à temps à l'aéroport, avant qu'elle ne monte dans l'avion…

C'était sa faute. Il ne lui avait pas dit l'essentiel.

Maudissant la lenteur de l'ascenseur, il sentit son impatience grimper encore de plusieurs crans. Enfin, quand les portes s'ouvrirent, il se rua dans le hall…

Et il la vit. Sierra était là, sur le trottoir, juste devant l'entrée, en train d'essayer de se débarrasser d'un paparazzi.

A l'instant où il sortait, l'homme disparut en courant.

— Qui était-ce ? demanda-t-il en fronçant les sourcils.

— Je ne sais pas, répondit-elle le rouge aux joues. Il m'a déjà poursuivie hier soir, et il m'attendait au pied de l'immeuble, ce matin. Il m'a empêchée de… de…

— De me quitter sans un adieu ? demanda-t-il d'un ton froid.

Elle haussa les épaules.

— Non, j'avais l'intention de te téléphoner juste avant de prendre mon avion. Mais je…

Il sourit. Il aimait cette femme. Avait-elle cru qu'il lui permettrait de s'enfuir une seconde fois ?

— Je ne veux pas que tu t'en ailles, Sierra, déclara-t-il.

— Marco, qu'elle dure deux ou trois jours, une aventure reste une…

— Je ne veux pas passer deux ou trois jours avec toi, coupa-t-il. Et je refuse que tu partes demain ou après-demain. Je veux que tu restes auprès de moi… Pour toujours.

Il s'étonnait lui-même de la facilité avec laquelle ces

mots, qu'il n'aurait jamais cru possible de prononcer, sortaient de sa bouche. Non parce qu'il n'avait pas peur, au contraire, mais parce qu'il savait ce qu'il voulait. Pour une fois dans sa vie, il se battait pour ce qu'il désirait, pour ce qu'il aimait, et s'il se sentait intensément vulnérable, il était également conscient qu'une force nouvelle grandissait en lui.

— Ça n'a pas marché, Marco, déclara-t-elle. Le passé pèse trop lourd, et…

— Je t'aime, Sierra, dit-il en la regardant droit dans les yeux. Je ne l'ai vraiment compris qu'à l'instant où je me suis réveillé seul, ce matin. Mais la vérité, c'est que je t'aimais déjà comme un fou il y a sept ans. Jamais je n'ai pu tourner la page, parce que tu restais présente dans mon cœur. Et je sais que je t'ai blessée cent fois, le soir où tu m'as entendu tenir ces propos stupides avec Arturo, la nuit où je t'ai fait l'amour par revanche à la villa, en prétendant que je ne cherchais qu'une aventure ou en vantant les mérites du monstre qu'était ton père… J'étais persuadé d'être incapable d'éprouver de sentiment envers quelqu'un, parce que ma mère m'avait abandonné, parce que mon père ne s'était jamais intéressé à moi… Mais si je suis certain d'une chose, c'est que je t'aime. Je désire avoir une vraie relation avec toi. Le mariage, les enfants, tout le conte de fées, si tu veux bien y croire avec moi.

Le visage de Sierra ruisselait de larmes.

— Je… je ne sais pas si je pourrai. Ma mère adorait mon père, et regarde où ça l'a menée. Elle en est morte, plus ou moins directement. Et elle aura vécu la majeure partie de son existence comme un fantôme.

— Sierra, ce n'était *pas* de l'amour. C'était une dépendance tragique, une maladie… L'amour véritable est celui qui permet de construire des choses, et non de les détruire.

— Je ne veux pas vivre dans ton ombre, Marco, avoua-t-elle.

— Il n'en est pas question, je ne le souhaite pas non plus. Je sais que tu apprécies ta vie à Londres et que tu en es fière. Jamais je ne te demanderai de l'abandonner pour me suivre. Nous pouvons nous installer à Londres et y être heureux, Sierra. Si tu penses que tu peux trouver le bonheur auprès de moi…

— Oh ! Marco…

Bouleversée, elle se jeta dans ses bras. Il la serra de toutes ses forces contre lui.

— Moi aussi, je me suis laissé aveugler par la peur, reprit-elle.

Il essuya doucement les larmes qui roulaient encore sur ses joues.

— Alors nous aurons peur ensemble. Il y aura peut-être des moments difficiles, d'autres frayeurs, des disputes, mais… nous construirons notre conte de fées, Sierra. Ensemble. J'y crois profondément.

Elle releva vers lui un regard rempli d'espoir.

— Oui, dit-elle, je veux y croire aussi.

Puis, se hissant sur la pointe des pieds, elle l'embrassa.

Épilogue

Trois ans plus tard

Sierra était à la fenêtre de leur maison de Londres quand elle vit Marco franchir le portail du jardin en sifflotant. Un sourire éclaira son visage, et elle le contempla avec amour. Elle adorait le savoir si joyeux. Ils avaient connu tant de bonheurs, au cours de ces trois dernières années…

Bien sûr, tout n'avait pas été facile. Ils avaient dû affronter leurs peurs et leurs blessures. C'était comme de gravir des montagnes, et ils l'avaient fait ensemble, main dans la main.

Leur mariage avait été célébré deux ans auparavant, avec une cérémonie simple en toute intimité. Depuis ce jour-là, ils avaient partagé leur temps entre Londres et Palerme. Sierra donnait toujours ses leçons, mais elle accompagnait aussi Marco dans ses voyages et ses inspections des hôtels désormais présents un peu partout dans le monde. Le Rocci de Los Angeles avait ouvert un an plus tôt, et celui de Montréal était en projet, même si Marco avait promis de lever le pied pour les mois à venir.

— Sierra ? appela-t-il depuis le rez-de-chaussée.

— Oui ! Je suis dans la chambre du bébé !

Souriant, il apparut dans l'encadrement de la porte, et vint délicatement poser la main sur le ventre de sa femme, dans lequel grandissait une petite fille. Dans moins de trois mois, la nouvelle génération serait là… C'était le meilleur moyen d'oublier le passé et d'édifier l'avenir.

— Ça va, ma chérie ? Tu te sens bien ?

Elle s'esclaffa et secoua la tête, incrédule.

— Marco, tu n'as pas besoin de me couver comme ça…

— Si, j'en ai très envie, répliqua-t-il en la prenant dans ses bras, avant d'entrelacer ses doigts dans les siens.

Elle se rappela comment elle avait gravi cette montagne-là : celle de la confiance, qui lui permettait de chasser ses larmes, de croire en l'amour de Marco et de s'appuyer sur sa bonté. Il avait été si gentil avec elle, si patient… Il lui avait fallu un peu plus de deux ans pour trouver en elle le désir et la force de fonder une famille. Aujourd'hui, non seulement elle savait qu'elle avait le mari le plus fiable au monde, mais encore elle était certaine qu'il ferait le plus merveilleux des pères.

La venue de cet enfant resserrait encore plus leur lien et la force de leur union.

Comme si le bébé approuvait, il donna un coup de pied.

— Je l'ai senti ! s'exclama Marco en riant, leurs mains jointes sur le ventre rond de Sierra.

— Je crois que cette petite fille sera une dure à cuire, plaisanta celle-ci, avant de poser sa tête au creux de l'épaule de son mari.

— Comme sa mère, alors, conclut-il en l'embrassant.

Retrouvez prochainement,
dans votre collection

AZUR

Le tendre secret d'un roi, de Cathy Williams - N°4510
Sitôt qu'elle croise le regard d'Abe, Georgie se sent défaillir. Voilà quatre ans qu'elle ne l'a pas revu, après qu'il est sorti de sa vie sans un adieu. Si elle l'aimait follement naguère, elle éprouve à présent une vive colère à son encontre. Le jour où Abe l'a abandonnée, il a emporté avec lui le secret de son identité. Un secret dont la révélation est un choc pour Georgie : son ancien amant n'est autre que le prince Abbas Hussein du Qaram ! Et la fille qu'ils ont eue ensemble, son héritière...

Les héritiers des Kamaras, de Millie Adams - N°4511
Trahie par son fiancé, Morgan tente de fuir la propriété familiale de ce dernier quand elle se retrouve bien malgré elle dans la chambre de Constantine, l'aîné des Kamaras. Celui-ci, qui lui a toujours témoigné un profond mépris, se révèle alors le plus audacieux des séducteurs. Et Morgan succombe à la passion entre ses bras durant une nuit interdite... Persuadée qu'elle ne le reverra jamais, Morgan tombe des nues lorsqu'elle découvre que ce moment d'égarement n'a pas été sans conséquence : elle attend des jumeaux !

L'enfant du Ghana, de Maya Blake - N°4512
Du désir brut. Voilà ce qu'éprouve Atu Quayson lorsque Amelie Hayford débarque dans son bureau pour en découdre avec lui. La plus belle femme du Ghana a appris qu'il tente de mettre la main sur la station balnéaire dont elle est l'héritière – et elle ne compte pas le laisser faire ! En effet, tous deux sont rivaux en affaires et coutumiers des passes d'armes. Alors pourquoi Atu ne rêve-t-il que d'une chose : rappeler à son ennemie qu'ils ont autrefois partagé le plus brûlant des baisers ?

Inoubliable passion, de Heidi Rice - N°4513
Alors qu'il débarque au mariage de sa sœur, Ross De Courtney reçoit le choc de sa vie. Parmi les invités se trouvent l'inoubliable Carmel, qu'il a faite sienne durant un lointain bal, et un petit garçon qui ressemble trait pour trait à l'enfant qu'il a été. Loin de nier l'évidence, Carmel lui pose très vite un ultimatum : Ross devra endosser son rôle de père auprès de leur fils... ou disparaître à jamais de leur vie !

L'époux d'un scandale, de Jackie Ashenden - N°4514

Le scandale est une seconde nature chez Castor Xenakis. Habitué à défrayer la chronique, il ne s'étonne de rien – ou presque. Le soir où l'innocente Glory pénètre dans son manoir sans y avoir été invitée pour s'offrir à lui, il tombe des nues ! Si la belle l'attire assurément, il n'est pas question pour lui de profiter de la naïveté de cette jeune femme visiblement désespérée. Mais rien ne lui interdit de faire une contre-proposition à sa visiteuse : qu'elle joue auprès de lui le rôle d'épouse…

Les noces d'Elena, de Therese Beharrie - N°4515

Héritière d'une puissante famille, Elena s'apprête à épouser par devoir un homme qu'elle n'aime pas. Mais avant cela elle s'autorise un voyage en Italie pour interviewer le businessman de l'année. Seul problème ? Micah Williams se révèle bien différent du terrible magnat auquel elle s'attendait, au point qu'Elena finit par succomber à son charme. Et, quand Micah lui propose un mariage de convenance qui la rendrait libre, elle est soudain très tentée d'accepter…

Corps-à-corps envoûtant, de Cara Colter - N°4516

Voilà deux ans que Sophie n'avait pas mis les pieds sur l'île de Havenhurst, et c'est avec émotion qu'elle y retrouve sa meilleure amie, la princesse Maddie. Hélas, son séjour au palais implique qu'elle soit protégée par Lancaster, un garde du corps qu'elle ne connaît que trop bien. À deux reprises, elle s'est jetée à son cou… avant d'être éconduite. L'homme, aussi sexy qu'imperturbable, l'attire bien malgré elle. Se pourrait-il que leur tête-à-tête prolongé aboutisse cette fois enfin à la romance dont elle rêve en secret ?

Un trésor inestimable, de Pippa Roscoe - N°4517

SÉRIE : *PRÉCIEUX HÉRITAGE* - 3/3

Lorsque Summer Soames débarque à Athènes, c'est avec l'intention de résoudre le mystère des bijoux disparus de sa famille. Au lieu de quoi, la voilà qui tombe sous le charme du splendide Theron Thiakos… Grisée par la liaison qu'ils entament, Summer perd la raison en même temps qu'elle perd ses objectifs de vue. Le retour à la réalité est donc brutal, le jour où son amant la chasse brutalement de sa vie. Comment, cinq mois après l'avoir abandonnée, Theron ose-t-il se présenter à sa porte ? Aurait-il découvert son précieux secret ?

La conquête d'un play-boy, de Joss Wood - N°4518

SÉRIE : *SCANDALE EN AFRIQUE* - 2/3

Devenue la tutrice d'une adorable fillette âgée de trois ans, Bay est résolue à lui assurer un avenir confortable. Et pour cela elle doit d'abord trouver un emploi ! Son entretien avec Digby Tempest-Vane, qui recherche une décoratrice d'intérieur pour l'un de ses prestigieux hôtels du Cap, pourrait être sa chance ! Seulement, sa rencontre avec le milliardaire ne se passe pas exactement comme prévu. Subjuguée par le sulfureux play-boy, Bay est assaillie de pensées interdites, alors même qu'elle se doit de rester professionnelle…

Les vœux du désir, de Clare Connelly - N°4519

« C'est vous que je dois épouser », déclare Olivia à Luca Giovanardi. Jamais elle n'aurait cru pouvoir se montrer si audacieuse, mais le temps presse. Si elle veut toucher son héritage, elle est obligée de convoler avant ses vingt-cinq ans avec Luca. Certes, tous deux sont de parfaits étrangers l'un pour l'autre, mais ils auraient tout à y gagner. Olivia conserverait Hughenwood House, le domaine de sa famille, tandis que Luca verrait sa réputation de play-boy enfin restaurée. Reste à le convaincre de jouer avec elle cette comédie de façade, sans lui révéler la troublante passion qu'il éveille en elle…

La fierté de Nik Cozakis, de Lynne Graham - N°4520

Olympia est au pied du mur : sa mère est gravement malade et a besoin de soins médicaux onéreux qu'elle n'a pas les moyens de lui payer. Malheureusement, son unique solution est de solliciter l'aide de Nik Cozakis, le puissant et impitoyable homme d'affaires qu'elle aurait dû épouser dix ans plus tôt si un scandaleux malentendu n'avait entaché sa réputation. Nik, humilié et fou de rage, l'avait alors rejetée avec le plus grand mépris. Olympia tente donc le tout pour le tout en se tournant vers lui. Et, à sa grande surprise, Nik accepte de la soutenir, mais à une condition : qu'Olympia lui donne un héritier…